夢紅樓

蔣勳

目次

新版序

於一切有情無憎愛

雲門舞集十週年時，林懷民編作了舞劇「紅樓夢」，賦予文學經典一種全新的現代角度。賈寶玉穿著鮮綠小三角褲赤身裸體出現，讓許多保守觀眾嚇了一跳。當時為了配合演出，我做了幾場演講，也依據演講內容，編寫了《舞動紅樓夢》，由遠流出版。匆匆過了三十年，這幾年，舞劇「紅樓夢」很少演出，甚至宣布封箱。《舞動紅樓夢》這本書也早已在市面上絕版。

遠流常接到讀者電話，問起這本書，因此決定重新編輯出版。

當初與舞劇演出相關的部分稍作調整，重新回到《紅樓夢》原典，增刪一些文字，特別強調《紅樓夢》中「現代」的部分，就是這新版的《夢紅樓》。

這本書以「青春」做主線，是一個大約十歲到十五歲的青少年青春的回憶。

現代人閱讀《紅樓夢》容易有年齡的誤差，總覺得那麼成熟敏感的心靈起碼過了三十歲，所以改編的電視電影就與原著本質不符合。

三十歲以後其實不容易有《紅樓夢》中青少年的單純、天真，以及不確定的自我摸索。

《紅樓夢》寫青春的單純、天真、不確定的自我，是世界文學書寫青春的一絕。

青春是生命初始，一切都不確定，連性別也不確定。因此賈寶玉的「愛情」也撲朔迷離，他最早性幻想的對象是秦可卿，實際發生性關係的是貼身丫頭襲人。但不多久他就愛上了同性的秦鐘。他與黛玉是前世緣分，一見面就覺得面熟，他與年輕貌美的北靜王也關係曖昧。

「愛情」與「性」都是青少年正在摸索的功課，功課正在做，還沒有結論，所以行為上充滿「不確定性」。

正是因為青春的「不確定性」，使《紅樓夢》裡的賈寶玉或同年齡的青少年之間的「愛情」或「性」寫得非常真實。讀者自己家裡如果有十幾歲的青少年少女，父母長輩若是沒有主觀教條偏見，不刻意用道德掩蓋，應該可以認真觀察孩子的行為，與

《紅樓夢》做有趣的映照對比。

《紅樓夢》是一本長時間被誤解的書，考證癖好的人努力鑽營書與歷史的虛假關係，狹窄的古典文學學院教書匠，只囿限在古詩詞誄賦的詞章修辭上，假想一個不真實的「古典」。許多人可能遺忘了《紅樓夢》在三百年前是一本多麼「現代」的小說，多麼顛覆主流價值，多麼控訴傳統威權，多麼大膽曝露家族的腐敗。而在三百年後的今天，在許多保守的華人社會，這本偉大著作的顛覆、揭發與控訴，依然如此真實，遠遠勝過當代的許多華文創作小說。

《紅樓夢》用「真（甄）」與「假（賈）」兩個姓氏串連起整部故事，我們以假當真，或以真當假，都可以在書裡有哈哈一笑的領悟。

一部《紅樓夢》如此寬容，「真」與「假」任君選擇，作者有關心，有悲憫，卻不執著，於一切有情無「憎」無「愛」。

《紅樓夢》數十年來一直在我床頭。一函石印本的《石頭記》，有紅筆眉批圈印，線裝，握在手裡輕而柔軟，最適合睡前隨意翻閱。

我不太在意從哪一章回看起，也不太在意到哪一章回結束。如果是一個夢，通常開始、結束都並不必然。

文學論述、註解、考證，看多了，好像很「真」，卻又覺得與《紅樓夢》反而越離越遠。

在枕上懵懂睡去，似醒非醒、似夢似假時分，好像我多懂了一點《紅樓夢》。

許多晚上在入夢前看的《紅樓》片段，若即若離，丟了書，在枕上睡著，才是真的《紅樓》來與我對話。

那些繁華繽紛，只是前世始終忘不掉的一次花季，每每在沉睡中不想醒來。

我總覺得寫這本書的人也在夢中，不想醒來。對他來說，夢比現實要更「真實」吧。

《夢紅樓》重新出版，也當然只能與有前世緣分的人會心一笑吧。

要特別謝謝文娟、祥琳、秦華費心重新編輯一本舊書，把原來有點零散的條例點滴的筆記式書寫，梳理出一個秩序，也還能把「雲門紅樓」舞台上的繽紛保留，讓一個已經封箱的舞台上的華麗也恍如一夢。

二〇一三年八月二十九日　即將白露

蔣勳

於溫哥華

推薦序

說紅樓，渡眾生

林懷民
雲門舞集創辦人兼藝術總監

案頭，床頭，有時馬桶邊，總會跳出一本《紅樓夢》。清理藏書，發現家裡竟有十八本《紅樓夢》。最老的是初中買的，粗黃的紙，幼稚的眉批。原有我出生前一年，民國三十五年上海出版的四集一套，是叔叔中學時代買的，友人借走，不知所終。其實多半因為物美價廉，亂買。台灣巡迴離開台北，逛書店，最後還是帶走一本《紅樓夢》。最小的是大陸出的簡體袖珍版，巴掌大，帶著出國巡演，因為字小，飛機上就著小燈，倒讀得仔細，讀著讀著就睡著了。

把佛經也當閒書讀的我，《紅樓夢》絕對是閒書。不管版本，考證，只管看故事。

沒事想到一些細節，不免回去翻閱：北靜王見寶玉時衣飾如何？賈府崑曲娛元妃，齡官因非「本角戲」，堅決不唱「遊園」「驚夢」，卻唱了那齣？巧姐兒小時候見賈芸就大哭，是長大後被賈芸等人出賣的伏筆嗎？寶玉夢遊太虛，翻閱金釵冊錄，其實很像到廟裡求籤後，讀籤文。張愛玲一語點醒：十二金釵是旗人，沒裹小腳，是以姊妹們健步，日日出園子去跟賈母吃飯。閱讀《紅樓夢》給生活帶來很大的樂趣。

因為這樣摸來摸去，一九八三年，我不知天高地厚，居然編出《紅樓夢》的舞劇。我以〈葬花吟〉為主調，用春夏秋冬四季的架構，渲染「花謝花飛飛滿天」的盛景，刻劃「三春去後諸芳盡」的淒涼。李名覺先生以薄紗彩幕交代四季，不同顏色的紗幕起落更迭，彷彿時光的移轉。賴德和東西樂器唱和的交響曲影射若有似無的情節，流麗敘情，婉轉低吟，十分動聽，迄今仍為樂團演奏。蔣安白描花卉，林璟如設計製作的刺繡披風，花團錦簇繽紛奪目，是騷動的春光，到了下半場披風反穿，白色襯裡飛揚，是輓頌青春的喪衣，也是「白茫茫一片」的雪花。

一齣美麗的舞劇，觀眾反應熱烈，每次重演都很賣座。雲門行銷部想喘口氣，就希望我推出「紅樓夢」。然而，就舞團而言，這是一齣「問題舞作」。它「人口眾多」，單單影射十二金釵的角色就得十二個。而且，除了幾位主要角色，其他人可以單獨發揮的機會不多，偏偏群舞排練要求整齊，講究細節，費時耗神。排，演「紅樓夢」，半年過去了。因應國內外不同城市的邀演，雲門每年必須推出五六齣舞作，實在無力兼顧。二〇〇五年，「紅樓夢」在上海大劇院作封箱演出。

舞劇封箱前，遠流出版公司請蔣勳撰寫《舞動紅樓夢》，很受讀者歡迎。好幾位年輕朋友告訴我，因為看了舞，讀了蔣勳的書，才去讀原著。如今，舞作輟演，文字互存，遠流重新整編，蔣勳潤色，而有這本新書。比起八年前的版本，《夢紅樓》加強了對原著的詮釋，是進入這本動人經典的有趣導讀。

跟我不同，蔣勳認真讀《紅樓夢》，前幾年定期講說紅樓，講了四年。他以現代觀點深入淺出介紹這本巨著，古老的故事因此有了生活感，有了新時代的活力。這些談話的錄音在大陸出版，也為出版社謄錄成書，受到極大的歡迎。學界讚許他突破傳統「紅學」講考證，談隱喻的窠臼，以小說來看待曹雪芹的著作，更因他兼學歷史和藝術的背景，對跟現代讀者有距離的事與物都有簡明優美的解釋，大大增加經典的可親性。

蔣勳高度讚頌大觀園內年輕孩子的純真。或許因為年紀漸長，有了世故，有了悲憫，被一般人唾棄的賈瑞，妙玉，他也憐惜他們的遭遇，給予他們最大的諒解。在蔣勳眼裡，曹雪芹的偉大處就在他對人性嗔痴的無限包容。

去年起，他應《壹周刊》之邀，開始「肉身供養」的專欄，每週細寫《紅樓夢》中的小人物小事件，異常精彩。文章發表在專登演藝人員八卦的那本，在貓狗，男女，影評之後，星座之前。他選擇登在那個角落，希望讓平日不關心文學的讀者可以「順便」讀到他說《紅樓夢》的文字。

蔣勳說紅樓，渡眾生的志業還未完，完不了。

推薦序

尋找賈寶玉

陳怡蓁
趨勢科技共同創辦人暨文化長

我國一開始讀《紅樓夢》。數學課時把書攤在大腿上偷偷讀著，校長從窗外經過看見了，走進教室跟老師說：「請陳怡蓁同學跟我到校長室來。」唉！夜路走多了總會……，我羞愧地站起來。校長又說：「拿著妳手上的書跟我來。」我在眾目睽睽之下，如罪犯一般被帶走了。

校長把門一關，說：「書給我！」我乖乖就範，心裡直祈禱：「別沒收啊！」我可是存了許久的零用錢才買下整套的書。「《紅樓夢》妳看到哪兒了？」校長的口氣開始緩和。「晴雯剪了指甲送寶玉，快不行了。」我正沉浸在深情悲哀的情境中。

「來，妳坐下，」校長打開燈，「這裡慢慢讀。」接著竟然泡了一壺茶，坐下來跟我聊起十二金釵來：「妳最喜歡誰呢？」「妳覺得自己像誰呢？」……。我們聊到下課，校長放我出來，臨走叮囑：「可別告訴同學！」

哈哈，我當然要講，這麼美好的懲罰怎能不講？只不過同學間並沒有因此掀起讀《紅樓夢》的熱潮。

那時我心想：「校長溫柔體貼，要是年輕個三十歲，倒有些像賈寶玉了！」

此後我一直在尋找賈寶玉，那樣懂得惜香憐玉，會為女人調胭脂，會欣賞女子的才華，不怕比輸了的溫柔可人兒。

就像許多人看電視、電影或戲劇中的賈寶玉，總是失望的時候多，我也一樣。在真實人生中沒有遇見過賈寶玉。

大學畢業赴美留學，行囊中最重的就是書，當然也包括那一套翻爛了的《紅樓夢》。啃英文啃漢堡，累了煩了，就捧著《紅樓夢》細細嚼，回到年少的夢裡尋找安慰。

後來在海外創業，簡直成了空中飛人，為了彌補自己的不足，天天啃的都是網路資訊、企業管理一類的書籍，寶玉、黛玉、寶釵、湘雲都鎖起來。腦袋是飽漲的，心靈是空虛的。

偶爾回到台灣，發現蔣勳老師把《紅樓夢》八十回從頭講了一遍，都存在CD裡了。我如獲至寶，抱著四大盒CD片，帶著可攜式錄放機（那已是當時最先進的設備了）到處飛行到處聽。我塞著耳朵，完全不理會周遭人的嘰嘰喳喳，完全沉浸在蔣老師迷人的磁性聲音中，隨著他一次又一次重回《紅樓》，重溫舊夢。

老公不像賈寶玉，非常不以為然：「妳到底要聽到什麼時候？」一直聽到現在，不用CD，灌入iPod，還在聽，還在跟著哭哭笑笑、痴痴傻傻呢！

蔣老師講述《紅樓夢》有極獨到之處。他不愛紅學考證，直接帶領進入文本，一章又一章，細述精華處，不只聽到故事，看到人物，賞析詩詞，也剖析寫作技巧。我終於從純粹感性地讀，進階到帶點理性、帶點距離地讀，能夠把自己從情節當中抽離，看到書中的哲學省思。

我也逐漸從企業場中抽離，回到文化的場域來，和蔣老師有了親身的接觸。他喜歡所謂有體溫的擁抱，任何知識，尤其是美學，經由他導引，都變成了有體溫的、活生生的體驗。我們合作主持中廣的「藝文放輕鬆」廣播節目，蔣老師的「美的沉思」是很多聽眾週末必聽的，他們跟我一樣，越來越黏蔣老師，生活中不能沒有他。

我睡前仍在聽他二十年前錄的《紅樓夢》。拗不過我的央求，蔣老師終於在節目中重新夢《紅樓》。他經歷肉身覺醒，人生體悟又自不同，融入賈寶玉的世界中，帶出更多反省與哲思，我也又有了新的《紅樓》經驗。

《紅樓夢》就是這樣神奇的書，讓人從少年讀到老年，每個階段都有不同的收穫。難怪蔣老師說：「《紅樓夢》是可以讀一輩子的書。」

一輩子的事當然要早點準備，早點進入。蔣老師希望青少年就開始讀《紅樓夢》，因為大觀園本來就是青春修練場。

這本《夢紅樓》恰是一本深入淺出的導讀書，從「真與假」、「青春」、「愛情與生死」、「珍食異寶」幾個面向帶領讀者走進文本，走進那個引人入勝的古典世界。在蔣老師的悉心引導下，你不會迷路，不會錯過幽微之處的風景。

我早已放棄尋找賈寶玉，而「驀然回首，那人卻在燈火闌珊處」，蔣勳老師是我所遇見過的人當中，最接近寶玉的化身！

推薦序

我也夢紅樓

林青霞

如今回想起來，似乎跟《紅樓夢》結下了不解之緣，彷彿前世曾是西方靈河岸上三生石畔，被赤霞宮神瑛侍者日以甘露灌溉的絳珠草，和大荒山無稽崖青埂峰下無緣補天的大頑石。

話說十七歲那年，在台北八十年代電影公司拍「窗外」期間，有一天，導演叫我化古代裝，梳上古代女子髮型，換上古裝裙子，然後拍了幾張照。我沒敢問為什麼，也沒人告訴我為什麼，只是覺得奇怪，為什麼拍「窗外」要扮古裝？

五年後，邵氏電影公司決定開拍「紅樓夢」，聽說最初的人選是甄珍演賈寶玉，林鳳嬌演薛寶釵，我演林黛玉，張艾嘉演紫娟。後來甄珍和林鳳嬌沒談成，改由張艾嘉

右：十七歲為李翰祥導演試拍的林黛玉扮相
左：二十二歲演「紅樓夢」賈寶玉劇照
影像：林青霞提供

演賈寶玉，米雪演薛寶釵，狄波拉演紫娟，我還是演林黛玉。

一九七七年我到了香港，導演李翰祥約我在酒店大堂的咖啡座見面，他見我紮著馬尾，白色直條襯衫配白色牛仔褲，挽著母親遠遠走來，第一句話就問我：「願不願意跟張艾嘉交換角色？」我一口答應，因為自己也曾想過演賈寶玉，只是沒料到他會認為我也可以反串男角。他送我四個字「玉樹臨風」。

「紅樓夢」是我二十二年的演戲生涯中非常重要的一部電影——是我唯一改編自中國文學名著的戲，是我唯一和李大導合作的戲，也是我第一部反串小生的戲。

有一天，李導演約我到錄音間聽錢蓉蓉錄賈寶玉的歌，我才知道我們要一邊唱，一邊演。因為對古裝戲毫無概念，不知道手該怎麼擺，腳該怎麼走，李導演卻胸有成竹毫不擔心。我和張艾嘉還是不放心地請了京劇老師，晚上輪流到老師家學走台步。拍攝前，導演請我們到他家二樓迴廊的小剪接室，看大陸演員徐玉蘭和王文娟演的越劇「紅樓夢」。我清楚記得他看著那黑白片裡的寶玉和黛玉，讚歎她們演得好。他說只要戲演得好，觀眾入了戲，就不會要求演員的外形。

《紅樓夢》人物很多，所以演員也多，回想寶玉娶親那場戲，除了演黛玉的張艾嘉不在，幾乎所有女演員都到齊了，有演襲人的祝菁，演賈母的王萊阿姨，演王夫人的歐陽莎菲阿姨，演王熙鳳的胡錦姊，還有演薛寶釵的米雪。邵氏片場沒有冷氣，熱得厲害，打燈的時候，所有演員都脫了戲服，只剩穿在裡面的白色水衣，坐在尼龍椅上，一邊搧著扇子一邊閒話家常，好不熱鬧。就這樣，在邵氏片場待了三個月，戲拍完，人也散了，大家各奔東西，有的人再也沒見過面，導演和沙菲阿姨先後去了另一個國度，真是紅樓夢一場。

「金玉良緣紅樓夢」上演之後，宋存壽導演才告訴我，十七歲那年拍的古裝照，是拍給李翰祥導演看的，那時候李導演已經想拍「紅樓夢」了。好笑的是，他說方逸華小姐嫌我嘴歪。後來我看照片，好像真的嘴有點歪。

蔣勳老師很喜歡用青春王國來形容大觀園。林黛玉進賈府時不超過十二歲，賈寶玉大約十三歲，薛寶釵大一點，不超過十五歲，王熙鳳管理賈府時也不超過二十歲。基本上，大觀園是十五歲上下青少年組成的青春王國。當年我二十二，張艾嘉二十三，米雪和我們年齡差不多，胡錦姊二十六、七，幾乎所有演出的演員，平均都比書中人物大十歲。很難相信《紅樓夢》裡十五歲上下的青少年，詩文如此傑出，性格如此成熟。蔣老師說，他們從小吟詩作詞，會寫詩也不足為奇。《紅樓夢》裡的每個人物，經由蔣老師的分析解讀，都變得立體般活在你的腦海裡，感覺非常熟悉，彷彿是你周邊的人。

床邊一本《紅樓夢》，睡前聽蔣老師導讀，有時半睡半醒間，碟片機裡還傳來老師磁性的聲音，娓娓訴說著大觀園的故事，讓平時難以入睡的我，幸福地進入夢鄉，夢裡還做著紅樓夢。

毛澤東曾經說過：「中國無非是歷史長一點，地方大一點，人口也很多，我們還有一部《紅樓夢》。」據說慈禧太后也愛看《紅樓夢》。所以，做為中國人的一大幸福是——我們有《紅樓夢》！

蔣老師說，如果在荒島上只許帶一本書，他會帶《紅樓夢》。我想，如果不准帶安眠藥的話，我會帶蔣勳老師細說《紅樓夢》的有聲書。

第一章

紅樓夢裡的「真」與「假」

女媧煉石補天

紅樓夢和我結了很長的緣。

第一次看《紅樓夢》大約是在小學五、六年級。一本坊間很廉價的版本，印刷很粗糙。那時候對「文學名著」也沒有什麼概念，只是愛看課外的雜書。家裡面的大人覺得我不專心在學校教科書上用功，考試成績不好，便禁止我讀那些與升學考試不相干的雜書。

少年時，脾氣拗，大人越禁止的事，越想做，越禁止的書，越想看。我便想了一個法子，夜晚躲在棉被裡，用手電筒的光照著讀《紅樓夢》。

手電筒幽微的光，照亮著一個一個密密麻麻的字，我讀著開始一段：

看官！你道此書從何而來？說來雖近荒唐，細按則深有趣味。

卻說那女媧氏煉石補天之時，於大荒山無稽崖煉成高十二丈、見方二十四丈頑石三萬六千五百零一塊。那媧皇只用了三萬六千五百塊，單單剩下一塊未用，棄在青埂峰下。誰知此石自經鍛煉之後，靈性已通，自去自來，可大可小。因見眾石俱得補天，獨自己無材，不得入選，遂自怨自愧，日夜悲哀。

《紅樓夢》一開始就帶我們進入一個荒唐無可查考的神話世界。那個世界，好像一片洪荒，沒有歷史，沒有文明，連人類出現了沒有也不能確定。

作者用的「大荒」、「無稽」，引領我們回溯到宇宙的初始，一片渾沌，煙霧瀰漫。

小學的歷史課本裡講過「神農氏」、「伏羲氏」、「有巢氏」，好像是一些長相奇怪的遠古的神，常常是一半動物、一半人的組合形象，祂們在樹上築巢，觀察大海龜背殼上的花紋，在曠野中行走，採摘咀嚼不同的野生植物，鑽木取火。

小學課本裡卻沒有談到「女媧氏」，我因此對「女媧」充滿了好奇。

「女媧」是一個女人嗎？「媧」的發音和「娃」近似，從字面上來看，似乎自然聯想到女性。「媧」這個字又有點聯想到古怪的爬蟲類，使人想到慢慢攀爬的蝸牛。但我後來看到的「女媧」造型，是女人的頭，下面拖著長長的蛇的身體，並不是蝸牛。

在草叢荒榛的大地，昆蟲和爬蟲類的蜥蜴、鱷魚、恐龍，四處出沒，一陣一陣濃濃的煙障迷霧，視覺還渾沌不清的時代，日月的秩序也都不清楚，一個女人的頭，高高舉在蛇的身上，長長的頭髮上雜著枯葉樹枝，那沉重的長長的身體，在泥土地上拖著拖著，緩慢到不覺得她有明顯的動作。

在古代神話裡，女媧是創造人類的神，據說她用黃土捏出一個一個人形，就像陶匠們用手捏陶一樣。女媧捏塑的土偶，一個一個，被賦予生命變成可以行走活動的人。

徐州漢畫像石「女媧捧璧」

女媧很高興，繼續揑著，一直到她兩隻手都酸了累了，再也揑不動了，她便用繩子一抽一抽，把泥土抽成人形。但這些人形已經沒有用手揑塑的那麼完美，成為粗拙愚笨的人，但也在大地上行走活動了起來。

在《紅樓夢》原著裡，女媧的神話是在「煉石補天」。

什麼是「煉石補天」呢？

這個古老的神話必須從上古時代男人們的戰爭開始談起。

據說，上古時代的男人，和今天一樣，不講道理，很愛打仗。打起仗來，無休無止，弄得天翻地覆，血流成河，老百姓連口子都不好過。

「共工」是水神，因為和黃帝之子「顓頊」爭奪統治的權力，引發大戰，混亂的打鬥中，共工觸斷了「不周山」。古代人相信天空像一個屋頂，有四根天柱支撐。不周山正是其中一根天柱。因為天柱折斷，天地失去了平衡，而北邊的天空破了一個大洞，就像屋頂破了洞，少了屏障，人民無法生活。於是，充滿了母性慈悲的女媧就想辦法來補天。

女媧補天的方法很特別，她採集了各種顏色的石頭，用大火熬煉，煮成液體狀，就用這種顏彩鮮艷的岩漿來補天。

一般人覺得石頭是固體，岩石如何煮成液體？但是岩漿的確是液體狀的，地球的中心，岩漿不也還在沸騰，不時還從火山口噴發出來。

「女媧補天」的故事使人想到，大地上岩漿還處處噴發迸濺泛濫的年代。

古代的中國神話，相信「天空」是破碎過的，經過女媧大神的修補。各種顏色的石頭，熬煉之後，就像油畫顏料，塗抹修補在西北邊的天空上，便是每一天黃昏時分在西邊出現的燦爛晚霞的彩色。

神話故事使每一天發生在身邊的事，忽然有了時間的意義。

不知道《紅樓夢》的作者曹雪芹，是不是也常在黃昏時凝望西邊漫天霞彩，感覺到繁華裡瞬息之間幻滅的荒涼，他竟用了「女媧補天」的神話做為一部小說的開始。

曹雪芹說：女媧煉石，煉了三萬六千五百零一塊。敏感的讀者當然意識到這個數字有特別的隱喻。

三六五是「年歲」的日子，作者「女媧補天」的故事多了一層歲月的滄桑。

除了歲月的隱喻，作者也懸疑地留下一塊沒有用來補天的頑石。因為沒有用，就被丟棄在「青埂峰」下。「青埂」，有人認為「青」是「情」的諧音，「埂」是「根」，青埂也就是「情根」。

東方的哲學相信「萬物有情」，「情」是對自己存在的一種意識，因為這一點意識，也就有了生命的喜悅與憂傷。

石頭是沒有生命的，沒有意識，沒有情感，但是，《紅樓夢》的作者相信石頭也可以修行，「靈性已通，自去自來，可大可小」。

洪荒裡一塊孤獨的石頭，因為沒有用來補天，自怨自愧，日夜悲哀，它要尋找自己存在的意義。

因為少年時迷上了《紅樓夢》，我總是無端凝視起一塊石頭，一塊海岸邊的石頭，被海浪磨得圓潤光滑；或者一塊山上崩塌的石頭，透露崢嶸的尖角；或者路旁一塊毫不起眼的石頭。我端詳凝視，覺得石頭裡似乎躲藏囚禁著一個生命的意念，它要修行成人，它要到人間來經歷一次生死愛恨。

一僧一道

一名和尚，一名道士，走到了大荒山、無稽崖，在青埂峰下閒坐，看到了這塊石頭。

這一僧一道，好像生命的指點者，他們看到具有靈性的石頭，可以縮小到像扇子上的玉墜一樣，托在手掌中，鮮瑩明潔，便有了奇想，覺得應該在石頭上鐫刻幾個字，帶到人間文明昌盛的地方，投身成長於有教養的官宦家庭，經歷花柳繁華，溫柔富貴。

石頭要到人世，和我們一樣，去經歷生死愛恨了。

《紅樓夢》原名就叫做《石頭記》，直譯起來應該是「石頭的故事」。

「石頭的故事」是從一僧一道開始，一僧一道是敘述故事的人，是冷眼旁觀的讀者；一僧一道是痴迷與領悟的點醒者，在《紅樓夢》全書中，他們常常出現。他們有時候是癩頭和尚，有時候是跛腳道人，有時候是渺渺真人，有時候是茫茫大士。他們

清乾隆本《新鐫全部繡像紅樓夢》「僧道」

「癩頭」或「跛足」，在身體上有殘疾，但似乎正是肉體「殘缺」才看得到生命的真相。

他們總是四處流浪，行蹤飄忽。他們總是在人生的熱鬧繁華處忽然出現，唱一些大家聽了之後似懂非懂的歌，裝瘋賣傻，衣衫襤褸。聽完他們唱的歌，領悟的人自然領悟了，痴迷的人卻依舊痴迷。下面這一首是他們唱的〈好了歌〉，就是領悟與否耐人尋味的測驗：

世人都曉神仙好，惟有功名忘不了。
古今將相在何方？荒塚一堆草沒了。
世人都曉神仙好，只有金銀忘不了。
終朝只恨聚無多，及到多時眼閉了。
世人都曉神仙好，只有嬌妻忘不了。
君生日日說恩情，君死又隨人去了。
世人都曉神仙好，只有兒孫忘不了。
痴心父母古來多，孝順兒孫誰見了？

這是跛腳道人唱的〈好了歌〉。

跛足道人唱〈好了歌〉給一個叫「甄士隱」的有錢人聽。「甄士隱」是諧音，是把「真事隱去」。《紅樓夢》的作者是在寫自傳，但改換了人名，把「真事隱去」。「甄士隱」有一個襁褓中的女兒英蓮，元宵節被匪徒拐騙走了，失去了心愛的女兒，痛如刀割；不多久，又家中大火，所有財產毀於一旦。甄士隱在這個人生突發變故的境遇時刻，便聽到了跛足道人的〈好了歌〉。

一僧一道像乞丐，又像先知；像瘋子，又像預言者。《紅樓夢》裡，一僧一道在繁華世界匆匆來去冷眼旁觀眾生的貪、嗔、痴、愛。

絳珠草——還眼淚的故事

《紅樓夢》裡關於「石頭」與「絳珠草」的故事，也是由一僧一道口中敘述的。「那僧笑道：『此事說來好笑！』」和尚便向甄士隱說了一個荒唐的故事。

只因當年這個石頭，媧皇未用，自己卻也落得逍遙自在，各處去遊玩。一日來到警幻仙子處，那仙子知他有些來歷，因留他在赤霞宮中，名他為赤霞宮神瑛侍者。

石頭修煉成有靈性的生命了，赤霞宮還紀念著女媧補天後西方天空上赤紅豔麗的霞彩。「神瑛」的「瑛」是一種寶石，頑石經歷歲月修煉，已經琢磨成「寶玉」了。

他卻常在西方靈河岸上行走，看見那靈河岸上三生石畔有棵絳珠仙草，十分嬌娜可愛，遂日以甘露灌溉。

用甘露水澆灌一株草，用愛與耐心灌溉一株草，這絳珠草始得久延歲月。

後來既受天地精華，復得雨露滋養，遂得脫卻草胎木質，得換人形，僅修成個女體，終日游於離恨天外，飢則食蜜青果為膳，渴則飲灌愁海水為湯。只因尚未酬報灌溉之德，故其五內便鬱結著一段纏綿不盡之意。……

那絳珠仙子道：「他是甘露之惠，我並無此水可還。他既下世為人，我也去下世為人，但把我一生所有的眼淚還他，也償還得過他了。」

這一段看來「荒唐」的神話，卻正是《紅樓夢》賈寶玉與林黛玉情愛的主線。

東方哲學相信「因果」，相信「輪迴」，相信萬事萬物間不可思議的牽連與糾纏。

林黛玉的前生是一株絳珠草，神瑛侍者喜愛它，不斷用水澆灌，絳珠草久延歲月，活了下來，像《白蛇傳》裡的白蛇也修行成了女身。但是受他人灌溉的恩惠，未曾回報，身體內便鬱結著一股纏綿。神瑛侍者此後下凡，即是賈寶玉，絳珠草投胎，做了林黛玉。黛玉終日無故哭泣，便是要把一生的眼淚還掉。

「還淚」的故事，貫穿《紅樓夢》的前因後果。

人世間的「愛」或者「恨」，都可能是一種「償還」。

「欠命的，命已還；欠淚的，淚已盡！」

《紅樓夢》從大荒山下的一塊頑石說起，不過是要講一種「領悟」吧。

人生有許多解不開的謎，一個人為什麼會遇到另一個人，一個人為什麼會愛上另一個人，一個人為什麼會恨另一個人。許許多多的糾纏，許許多多的相聚與離別，許許多多的想念與遺忘，許許多多的眷戀與捨棄，《紅樓夢》用「還」這一個字來解釋，使糾纏中有了可以慢慢解開的可能。

清乾隆本《新鐫全部繡像紅樓夢》「石頭」

假作真時真亦假

一僧一道，我總覺得他們一直存在著，他們冷眼旁觀，看著《紅樓夢》裡的人愛也愛得要死要活，恨也恨得要死要活，看到《紅樓夢》裡的人貪婪地眷戀權力與財富，也看到《紅樓夢》裡的人又哭又笑，卻又啼笑皆非。

然而一僧一道只是冷冷地看著，他們一直在現場，但現場的人卻看不到他們，或者偶然靈光一閃，好像看見了，卻終究又被繁華紅塵種種現象淹沒，始終看不真切。

一僧一道是《紅樓夢》諸多「假象」中看到「真相」的人物嗎？

他們好像從洪荒一直活到現在，看過繁華到幻滅，看過生死，看過愛恨，所以一再重來，成為預言者、點化者、開示者，希望眾生可以經由他們的點化，有所領悟。但眾生自有他們捨不得的眷戀痴迷，終究不能領悟。

一僧一道總是指著人世間的一切現象說：這些，都是假的！

但，什麼是真的呢？

一部《紅樓夢》可能在玩「真」與「假」兩個字。

甄士隱姓「甄」，是「真事隱」。

「真事」既然「隱」去，作者便用「假」話說故事了。

《紅樓夢》是「賈家」的故事，也就是「假」的故事，作者似乎一開始就警告我們，我說的是假的故事，不要認真。

但是，故事說得太好，不認真也很難，作者也嘲笑我們：假作真時真亦假。

我們活著，不是把一切假的當成真的來生活嗎？

所以，一僧一道如何開示也沒有用，我們是眾生，我們執著痴迷，即使知道一切都是空幻，還是愛看假象的繁華。

《紅樓夢》中主要的人物許多都姓「賈」。作者從「假」開始演義了。

賈家第一代創業，因為對皇室有功，長兄封了寧國公，弟弟封了榮國公。

寧國公死後，官位世襲下傳給長子賈代化，賈代化之後，又傳給「文」字輩的兒子賈敬。賈敬因喜好修道煉丹，不願做官，便把世襲的官位又傳給「玉」字輩的兒子賈珍。

榮國公這邊，由長子賈赦（文字輩）繼續世襲官位，次子賈政也由皇帝欽賜了官職位，賈政第一個兒子賈珠不到二十歲就死了。第二個兒子，一生下來口中就啣著一塊五彩晶瑩的玉，因此命名為「寶玉」。

這是「賈」（假）家的大致歷史。

許多考證《紅樓夢》的人，從史料中探索作者曹雪芹的家世，發現曹家與清朝初期統治者的關係非常密切。曹家最早一代曹振彥曾經在清朝開國時立過軍功，曹振彥的兒子曹璽娶妻孫氏，孫氏正是後來康熙皇帝的保母。曹璽的兒子曹寅等於是從小和康熙一起長大的友伴，這麼親近的關係，曹家自然受到信任。因此，康熙一即帝位，第二年就派任曹璽做江寧織造，負責整個江南的紡織產業，等於今天國營企業的董事長，不但是個肥缺，也同時是統治者派在南方監視大小官吏的一個眼線。

曹璽做了二十三年的江寧織造，曹家等於在南京揚州一帶生了根。等曹璽病故，康熙就命令曹璽的兒子曹寅擔任蘇州織造、江寧織造，並且兼兩淮巡鹽御史，掌控富有的江南最大的紡織業與鹽業。

曹寅擔任了四次康熙皇帝南巡的接駕大典的主事，不但使曹家的權力與財富達到巔

清光緒本《紅樓夢圖詠》「甄寶玉」

峰，也受康熙委任，在揚州纂刻《全唐詩》、《佩文韻府》等書籍。他自己喜好書畫，也編寫過戲劇，不是一般熱中權力與財富的庸俗官僚，在文化及美學品味上都是清初一代菁英，也造就了後代曹雪芹寫作《紅樓夢》的深厚學養基礎。

康熙五十一年，曹寅病重，康熙特命快馬送藥搶救，可以想像二人親密的關係。曹寅病故，康熙命其子曹顒繼任江寧織造。康熙五十三年，曹顒病故，康熙又命曹寅的胞弟曹荃的兒子曹頫，以過繼給曹寅的名義繼任江寧織造。可見康熙對曹家，一直視為最親密的心腹，才會把監管江南產業與吏治的職位一直委派曹家的人來擔任。曹頫在雍正五年被抄家，新一代的統治者需要自己的親信，曹家的繁榮富貴也隨康熙執政的結束而結束。

曹家沒落的時候，曹雪芹還是少年。他最後在北京潦倒落魄，書寫了家族六十年富貴繁華的故事。那故事如真似幻，那故事發生在南京揚州，所以，紅樓夢中有「甄家」（真），也有「賈家」（假），「甄家」便在南方的「金陵」。

真真假假，使許多考證《紅樓夢》的學者傷透腦筋。但對欣賞文學的讀者而言，「真」與「假」的對照牽連，卻使《紅樓夢》錯綜迷離，產生了豐富的美學層次。

曹雪芹《紅樓夢》版本

《紅樓夢》的作者曹雪芹一直是紅學考證的重點，但是並不容易搞清楚。

他的生年，目前就有兩種不同的說法：一個是康熙五十四年（一七一五），另一個是雍正二年（一七二四），相差有九年之多。他的卒年也不確定，目前大致有兩種說法：一是乾隆二十七年除夕（一七六三），二是乾隆二十八年除夕或次年的初春（一七六四）。

無論任何一種說法，他都沒有活過五十歲，這樣早逝，完成這樣一部曠世傑作，令人讚歎，也令人惋惜。

《紅樓夢》最初只有八十回的手抄本。「手抄本」的意思是有人喜愛這本小說，當時沒有印刷刊行，只有用手抄來傳閱。八十回《紅樓夢》，上百萬字，完全用手抄，功夫之大，可見這本小說迷人的程度。

一般人認為，曹雪芹親撰《紅樓夢》八十回本，是一部沒有寫完的小說，讀者很想知道結局，很想繼續讀下去，就有人寫了《續紅樓》。

胡適之先生搜藏到乾隆甲戌年（一七五四）手抄本的《脂硯齋重評石頭記》，只剩殘本十六回，胡適之認為是傳世最古老的手抄本，當時作者曹雪芹還在世。

手抄本的流傳當然非常有限，不同的手抄本也因為傳抄過程而有不同的內容。

乾隆五十六年（一七九一），一位出版商程偉元把八十回的《紅樓夢》加上由高鶚續寫的後四十回，加在一起，排成活字本刊行，對《紅樓夢》的流傳有決定性的影響。一般人稱這個最早的印刷版本為「程甲本」。

乾隆五十七年，「程甲本」發行的第二年，高鶚就發現書中有許多錯誤沒有校正，他說：「因急欲公諸同好，故初印不及細校，間有紕繆。」

高鶚再度參考各手抄本，做了精細的校訂，重新與程偉元合作，刊行了第二個版本的一百二十回本《紅樓夢》，被稱為「程乙本」。

曹雪芹究竟只寫完了八十回《紅樓夢》，或一百二十回《紅樓夢》，曾經在民國二十年代引發熱烈辯論。胡適、俞平伯、容庚都參與了考證，結論非常不同。

但大部分讀者，只要細心閱讀，不難發現，前八十回《紅樓夢》和後四十回的文筆有極大的不同。故事情節是可以接下去敘述的，但偉大的藝術作品通常有作者獨特的風格神采，前八十回的華貴與悲憫，在後四十回中的確少了許多。

也有人認為曹雪芹原來已構架好了一百二十回的回目，後四十回由高鶚依原有架構補寫完成。這有點像一個大畫家的白描草稿，經由較平庸的學徒上彩

1

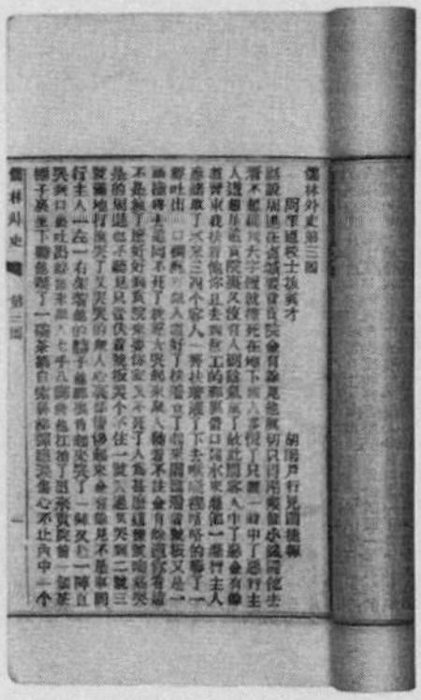

2

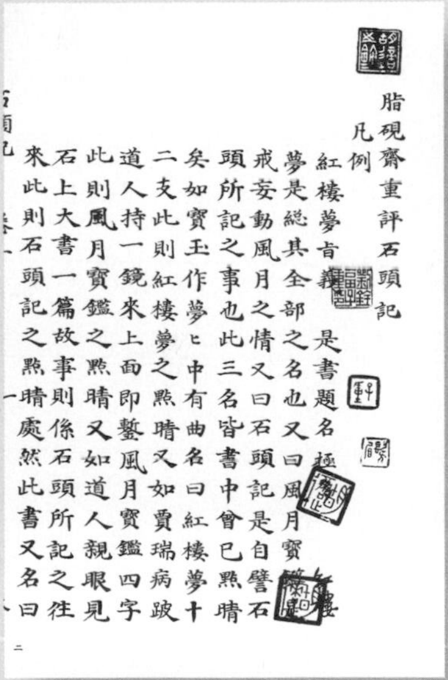
脂硯齋重評石頭記
凡例
紅樓夢旨義　是書題名極
夢是總其全部之名也又曰風月寶
戒妄動風月之情又曰石頭記是自譬石
頭所記之事也此三名皆書中曾已點睛
矣如寶玉作夢〻中有曲名曰紅樓夢十
二支此則紅樓夢之點睛又如賈瑞病跛
道人持一鏡來上面即鏨風月寶鑑四字
此則風月寶鑑之點睛又如道人親眼見
石上大書一篇故事則係石頭所記之往
來此則石頭記之點睛處然此書又名曰
二

3

圖1.2：故宮藏《乾隆抄本百廿回紅樓夢稿》書影
圖3　：胡適藏《脂硯齋重評石頭記》卷首

補筆，神采當然要遜色很多。

一九二一年，上海亞東圖書館依據「程甲本」為底本，有了一百二十回《紅樓夢》的初排本。到了一九二七年，又因為胡適之先生介紹了錯誤較少的「程乙本」，亞東圖書館的汪原放先生不惜把舊的排版毀了，重行點校編排了新的一百二十回《紅樓夢》，也是影響以後大部分讀者閱讀最廣的一個版本。

曹雪芹畢生嘔心瀝血之作，在他辭世的半世紀間，只有手抄本在少數人中流傳。五十年後才被續寫為一百二十回，用活字排版；又經過一百多年，才有學者、出版家，從考證、校勘、版本比對，各方面努力，使這本小書成為華文世界影響力最大的一部名著。

讀者閱讀一部好作品，當然不必掉進學術考證和版本的泥淖，但大致知道《紅樓夢》版本形成的梗概，也得以欣幸一部傳世名作是在如此漫長歲月中，經過這麼多人護持而來。

曹雪芹地下有知，或許不會覺得自己「滿紙荒唐言，一把辛酸淚」是徒勞無功罷！

第二章

紅樓夢裡的青春

青春王國裡的賈寶玉

《紅樓夢》裡寶玉在人間第一次出現是被黛玉描述的。黛玉因為母親賈敏去世，便去投靠外祖母。進了賈府，十二歲左右的黛玉見到了十三歲的表兄寶玉：

進來了一位年輕的公子，頭上戴著束髮嵌寶紫金冠，齊眉勒著二龍搶珠金抹額；穿一件二色金百蝶穿花大紅箭袖，束著五彩絲攢花結長穗宮縧，外罩石青起花八團倭緞排穗褂；登著青緞粉底小朝靴。面若中秋之月，色如春曉之花，鬢若刀裁，眉如墨畫，面如桃瓣，目若秋波。雖怒時而若笑，即瞋視而有情。項上金螭瓔珞，又有一根五色絲縧，繫著一塊美玉。

文字的描寫，用了許多彩色的織錦絲綢綾羅，用了許多金銀珠寶的冠戴瓔珞，襯托著寶玉的富貴，似乎要把人的肉體包裹在一層層精緻繁複的物質包裝裡。

賈寶玉的形象，在戲劇、圖畫、電影、通俗的電視連續劇裡，不斷重複出現，頭上戴著紫金冠，一點顫巍巍的紅纓，通身錦繡長袍，皮膚白皙，面目美麗細緻如女子。一般的通俗戲劇，也因此常常由女性演員反串演賈寶玉。

賈寶玉十三歲，一個在富貴家庭生長的青少年，出生的時候口中啣著一塊五彩晶瑩的玉，傳為奇蹟。週歲的時候，依習俗有「抓週」的儀式，把許多物件放在嬰兒面前，看他抓哪一樣，用來預言判斷這個孩子未來的志向。

賈寶玉的爸爸賈政是讀書人，做了大官，當然也希望兒子將來讀書做官。卻沒有想到，這個被祖母溺愛的嬰兒，什麼都不抓，獨獨抓起女人用的脂粉釵環來玩。他的父親賈政當然大失所望，認定這個孩子將來長大，不過是「酒色之徒」。

賈寶玉一出生，背負著家族好幾代做官的榮華富貴，一方面養尊處優，另一方面，也過早承擔了父祖輩功名烜赫的壓力。

以今天青少年的心理角度來看賈寶玉，這個十三歲的男孩子，正是讀國中的年齡，身體剛剛發育，對大人加在他身上的世俗功名價值充滿了叛逆。他不斷試圖要從男性追求權力與財富的虛假價值中逃脱，寵愛他的母親、祖母、姊姊、妹妹，甚至和他一起長大的丫環，構成一個純女性的世界。

他因此形成了一個偏激的反男性主義觀點。他說：「女兒是水作的骨肉，男人是泥作的骨肉。我見了女兒，我便清爽；見了男子，便覺濁臭逼人！」

這一段話常被引用，也被用來證明賈寶玉的怪癖。

但是，《紅樓夢》是一部批判現實的小説，作者對男人構成的政治官僚系統、虛假的禮教，深惡痛絕，連他自己的父親「賈政」也不例外。有人認為賈政這個名字正和俗語中的「假正經」相合，作者對男性官場的反諷不遺餘力。

從這個角度來看，十三歲的少年賈寶玉渴望活出他自己，渴望擺脱大人加在他身上的虛假價值，他如果活在今天，同樣會討厭政治人物「濁臭逼人」，討厭學校的教科書，討厭短視功利的考試，討厭現實社會為了權力與財富的爾虞我詐。

賈寶玉，這個十三歲的少年，感覺著剛剛長成了的身體，感覺到生命的美好。他渴望單純的愛與被愛，他渴望可以在同樣未被世俗價值污染的同伴中保有一生一世的純潔。

《紅樓夢》一開始，賈寶玉身邊的十二金釵，幾乎都在十五歲以下，史湘雲、林黛玉、探春、迎春，都比賈寶玉小一兩歲，惜春最小，只是八、九歲的小女孩，大寶玉一歲的是寶釵，大約十四歲多，王熙鳳也不會超過二十歲。

年齡對閱讀《紅樓夢》是一件重要的事。

《紅樓夢》的主要人物，事實上全部是青春期的少女，圍繞著青春期的賈寶玉，結構成一個美麗的「青春王國」。

賈寶玉認為男人「濁臭逼人」，他指的男人是長大做官以後的男性，喪失了人性的單純與夢想，日日沉淪在權力爭奪與財富貪婪中，賈寶玉便以完全叛逆的姿態標舉出他自己的生命體格。

賈寶玉是十三歲的少年，他的生命像一朵春天正待開放的花的蓓蕾。

賈寶玉又是女媧煉石補天神話的洪荒時代留下來的一塊頑石。

賈寶玉以人的形象來經歷人世間的繁華，他又要在領悟了一切愛恨纏綿之後，重新回到大荒山青埂峰下，回到一塊頑石的初始。

頑石是開始，也是結束。

我們自己身上，常常有兩個不同的自我。一個耽溺情愛，眷戀繁華，糾纏牽掛不斷的自我；另一個解脫生死，領悟無常，來去無牽掛的自我。

中國古代深受儒家人性哲學影響，聖賢與邪惡，聖潔與沉淪，善與惡，成為相互對立、非白即黑的二元世界。

曹雪芹的《紅樓夢》大膽在儒家僵化的正邪一分為二的人性哲學中，指出了真正人性可能「正」「邪」並存的狀態。《紅樓夢》第二回有論「正」「邪」人性的一段：

> 使男女偶秉此氣而生者，在上則不能成仁人君子，下亦不能為大凶大惡。置之於萬萬人中，其聰俊靈秀之氣，則在萬萬人之上；其乖僻邪謬不近人情之態，又在萬萬人之下。若生於公侯富貴之家，則為情痴情種；若生於詩書清貧之族，則為逸士高人；縱再偶生於薄祚寒門，斷不能為走卒健僕，甘遭庸人驅制駕馭，必為奇優名倡。

《紅樓夢》打破了人性非「正」即「邪」、一分為二的僵化迂腐觀點，給予人性更大的彈性可能，也使這本文學作品在三百年前標舉出了反叛主流價值、解放人性可能的現代觀點。

賈寶玉是叛逆的青少年

青春是不受拘束的生命形式。

青春有著一方面往聖潔發展，另一方面耽溺沉淪的各種可能。

十三歲，身體剛剛發育的少年，他感覺到生命奇妙的變化。他對生命充滿無知，也充滿了好奇，他嘗試探索身體的各種可能。

《紅樓夢》一開始就用詩句描述了賈寶玉的狀態：

無故尋愁覓恨，有時似傻如狂。縱然生得好皮囊，腹內原來草莽！

許多人認為賈寶玉是曹雪芹寫自己的少年自傳。如果這個猜測正確，那麼這一首自述性的詩句似乎充滿了對自己的批判與自責。

我們總是以為「叛逆」是對他人的背叛。

但是，從《紅樓夢》來看，曹雪芹真正叛逆的竟是自己。

潦倒不通世務，愚頑怕讀文章。行為偏僻性乖張，那管世人誹謗！

許多的自責，許多的慚愧，許多的懺悔，使《紅樓夢》充滿了少年青春不可解的感傷與孤獨。

青春期的生理變化，的確使許多青少年「無故尋愁覓恨」，身體上剛發育的種種，使敏感的心靈悲喜交加。寫青少年的感傷憂鬱，是文學上常見的主題；歌德的《少年維特的煩惱》即是一例，但寫的最好的，其實是《紅樓夢》。

賈寶玉其實正是進入國中一年級的年齡，對人生似懂非懂，他很想像一個大人，用理知的價值去規範自己的生活，但他又常常情不自禁，會耽溺在感官的世界，好奇地探索自己還十分陌生的身體。

他遇見了表妹林黛玉，直截了當便說：「這個妹妹，我曾見過的。」

賈寶玉——紫薇 本命花

上圖：清光緒本《繡像紅樓夢》

大人們都罵他「胡說」，因為林黛玉生長在蘇州，他們是第一次見面。

但是讀者知道，他們真的見過。在神話的世界，寶玉曾經是一塊石頭，黛玉曾經是一株絳珠草。石頭日日用水澆灌絳珠草，絳珠草才活了下來。

我們是否也曾經在一生中遇見過同樣的事，一個人，第一次見面，覺得熟悉，覺得以前見過，但怎麼想也想不起來。

我們能想起來的事，只是此生而已。前世的記憶，我們都記不得了，但似乎存在身體很隱密的地方，使你看到一個人，似曾相識，一下子所有的記憶便回來了。

十三歲的男孩子，認識了一個覺得以前認識過的少女，可能問她什麼？讀什麼書？看什麼電影？閒暇時去哪裡玩？上哪些網站？或者，更重要的，是什麼「星座」？

十三歲的賈寶玉如果活在今天，大概會問一樣的問題。但是在三百年前，他看著林黛玉，只是篤定地說了一句：

「這個妹妹，我曾見過的！」

賈寶玉十三歲，認識了好多長得又漂亮，心性又聰明細緻，書讀得極好，舉止又高雅有品味的少女。他平日叛逆頑皮，但只有林黛玉一出現，他忽然領悟有一個人是在前世見過的，這一世她就等在這裡，寶玉在人世繁華中的叛逆剎那間便有了領悟。

大人們常常無法懂得這種少年的心事，因此，父母、老師常常不知道年輕的孩子發生了什麼事。

謎

我們在猜謎語的時候，總是關心謎語的答案。

《紅樓夢》是一道謎語，卻沒有答案。

三百年來，多少有考證癖的學者拚命考證解答，《紅樓夢》仍然是一道解不開的謎。

事實上，《紅樓夢》的迷人，或許並不在答案，而在謎題本身。

作者在一部小說中設計了大大小小許許多多的謎。看來是要讀者去猜，其實答案就在謎面中。

《紅樓夢》第五回是整部小說的總綱，許多可解與不可解的謎都在第五回中。

小說一開始，在第五回裡，十三歲的賈寶玉喝了一點酒，有點懵懵懂懂，被引領進他的姪子賈蓉新婚妻子秦可卿的臥房。賈寶玉第一次睡進一位美麗女子的臥床，蓋著秦可卿的被子，枕著她睡過的枕頭，寶玉做了一個很長的夢，夢到自己到了一個地方，牌坊上刻著「太虛幻境」，兩旁一幅對聯：「假作真時真亦假，無為有處有還無」。

賈寶玉在這個夢裡看到有一個大櫥櫃，上面有封條，寫著：金陵十二釵正冊。這是「十二金釵」名稱的來由。

賈寶玉隨便亂翻，看到一幅畫，畫上兩株枯木，木上掛著一圍玉帶，地下又有一堆雪，雪中一股金簪。

這幅畫上題了四句詩：

可嘆停機德，堪憐詠絮才。
玉帶林中掛，金簪雪裡埋。

這幅畫和這首詩當然都是「謎」。

「玉帶林中掛」很容易解讀出「林黛玉」這個名字。「金簪雪裡埋」，也很容易解讀出「薛寶釵」這個謎底。

但是，寶玉做這個夢是在第五回〈賈寶玉神遊太虛境，警幻仙曲演紅樓夢〉，《紅樓夢》這部百萬字以上的長篇大部頭小說才剛開始，有關薛寶釵的「停機德」，有關林黛玉的「詠絮才」，都還沒有發生。因此，賈寶玉做了夢，在夢中看到畫，看到詩，畫和詩都在講他家中十二名女子未來的命運，但是，他看不懂，讀者當然也看不懂。

《紅樓夢》的十二金釵，在第五回中一一有了命運的籤，作者是在小說一開始就把十二名女性的結局都告訴我們了，所以，不是「猜謎」，而是「謎底揭曉」。

但是，我們看不懂，寶玉也不懂，作者似乎要我們領悟，不是沒有「天機」，是我們各自有各自的痴迷，誤了天機。

許多朋友碰到有疑難煩惱的事，會到廟裡去求籤。廟裡的籤常常是一首詩，模稜兩可，解讀的可能很多，並沒有固定的答案。

《紅樓夢》也用曖昧隱喻的解籤方法，引領寶玉進入家族「十二金釵」的命運之中，他似懂非懂，終究不能領悟，等到有一天恍然大悟，其實事情早已過去，繁華也已如夢般消逝了。

我們還要執著預言的能力嗎？

我們還想掌握洞燭先機的能力嗎？

《紅樓夢》的作者喜歡用「痴」這個字。「痴」是知識的生病，生命裡有「理知」生病的時刻，「理知」全然派不上用處，只是一味「痴迷」。

作者似乎是對自己一生「痴迷」的懺悔，這麼多的愛恨糾纏，痴男怨女，如果早點知道結局，會更好一些嗎？

作者寫完這本書，很有感觸地留下一首詩：

滿紙荒唐言，一把辛酸淚！
都云作者痴，誰解其中味？

《紅樓夢》十二金釵，各有各的下場，在小說一開始，寶玉做夢，所有的結局他都看到了，但他還是痴迷不悟，一路迷（「謎」）到底。

民國本《紅樓夢寫真》「警幻僊曲演紅樓夢」

寶玉的第一次性幻想

引領賈寶玉去翻閱「十二金釵」命運書冊的是警幻仙姑。「警幻」兩個字，當然有警告一切虛幻的隱喻。

警幻是夢中的仙姑，而在現實世界中引領寶玉進入夢境的，卻是十二金釵中的「秦可卿」。

秦可卿是賈寶玉姪子賈蓉的妻子，大約十六歲左右，剛嫁到賈家，年輕貌美，「生得裊娜纖巧，行事又溫柔和平」。

《紅樓夢》的第五回寫寶玉醉酒後睏倦的慵懶。賈寶玉在宴會上喝了酒，覺得倦怠，想要睡午覺，秦可卿就帶寶玉去了一間書房，寶玉不滿意，他討厭正經八百的書房，秦可卿就把寶玉引入自己的臥房。

古代的禮教甚嚴，論輩分，寶玉是叔叔，不應該睡在姪子媳婦的臥房，旁邊陪侍的老媽媽也都阻止，但可卿不在意，她心目中寶玉還是小孩，十三歲，的確又像大人又像小孩。

寶玉卻在這臥房中做了人生第一場春夢。

《紅樓夢》的第五回寫得極為超現實，寶玉第一次的性幻想，寶玉第一次遺精，寶玉第一次體會肉體的糾纏，寶玉第一次觸碰家族所有女子的命運結局，寶玉第一次預先看到了繁華的幻滅，都在秦可卿臥房中。

人在平日，有許多理性的控制。一旦醉酒，身體底層的慾望本能就浮現出來。

賈寶玉到了秦可卿房中，嗅覺上便聞到「一股細細的甜香」。

嗅覺或許是感官本能非常原始的呼喚吧！賈寶玉「此時便覺眼餳骨軟」。

視覺常常是與理性牽連在一起的，眼睛有點朦朧迷離之時，感官的世界也相對就活躍了起來。

寶玉「眼餳骨軟」，面對美麗青春的秦可卿的臥房，恍惚迷離，還未入夢，卻已經進入了一個神秘超現實的世界。

作者用極現代的手法，從寶玉酒醉的恍惚中看到了一個異想的世界，試看下面一段驚人的描寫：

案上設著武則天當日鏡室中設的寶鏡，一邊擺著趙飛燕立著舞的金盤，盤內盛著安祿山擲過傷了太真乳的木瓜。上面設著壽昌公主於含章殿下臥的寶榻，懸的是同昌公主製的連珠帳。

秦可卿的臥房是一個現實世界，卻在賈寶玉惺忪的醉夢之眼中，重疊著唐代武則天的鏡子，重疊著漢代在金盤上舞姿蹁躚的趙飛燕，重疊著安祿山的慾望，重疊著黃金燦爛的盤子，重疊著飽實的木瓜，重疊著楊貴妃豐腴的乳房與肉體……

這是驚人的超現實描寫，使將入夢境的寶玉，已經在視覺上出現了恍惚迷離的神遊狀態。

寶玉要睡下去時，又添加了一段：

展開了西施浣過的紗衾，移了紅娘抱過的鴛枕。

清乾隆本《新鐫全部繡像紅樓夢》「警幻仙子與賈寶玉」

寶玉入夢了，伴隨著許多古代傳說中的美麗女子，一起進入他生命裡第一次性的、慾望的深處。

武則天、趙飛燕、楊貴妃、西施、紅娘，都是古代青少年「性」的幻想對象，在封建禮教的嚴格戒律下，《太真外傳》、《武后野史》這類描述情慾的小說野史也都列為「禁書」。

十三歲的賈寶玉顯然偷看了不少「禁書」，而他第一次性的春夢，自然也出現了這些平日在理知世界不會出現的人物。

近代西方心理學，如佛洛依德，在二十世紀初提出了「夢的解析」，認為日常生活被理知壓抑下去的自我，會在夢中出現。

因此，夢可能是更真實的自我，是更本質的自我，是平日自己或許也不敢面對的自我。

警幻仙姑在夢中向寶玉說：「吾所愛汝者，乃天下古今第一淫人也。」

寶玉聽到自己是「天下古今第一淫人」，當然大吃一驚。

《紅樓夢》的第五回寫十三歲初初發育的賈寶玉的「性」，寫得如此真實，使寶玉在夢中無從逃避。

警幻因此把自己的妹妹，乳名兼美，表字可卿的女子許配給寶玉，寶玉便在夢中與叫做「可卿」的女子發生了性的關係。

在秦可卿的臥房衾褥中的做夢，夢到發生性關係的女子名字也叫「可卿」，「柔情繾綣，軟語溫存，與可卿難解難分。」

秦可卿在現實中是寶玉的姪兒賈蓉的妻子，寶玉雖愛慕可卿，卻不敢有非分之想，「亂倫」的禮教戒律下，賈寶玉卻在第一次的春夢中與可卿發生了性的關係。

寶玉從夢中驚魘，大叫：「可卿救我！」

秦可卿在室外，聽到寶玉叫她小時候的乳名，「心中納悶」，因為她的乳名在賈府是沒人知道的，寶玉怎麼會在夢中叫出？

《紅樓夢》把現實與夢境錯離糾纏在一起，分不出夢與現實的界限。夢本來是一種真實，現實人生也如夢似幻。

寶玉驚醒，迷迷惑惑，若有所失。

寶玉最貼身的丫環襲人，大約也是十五歲左右的少女，過來替寶玉換衣褲，卻在繫褲帶時，伸手到寶玉的大腿處，摸到冰冷粘濕一片。襲人嚇了一跳，不知道是什麼，她悄悄問寶玉：「是怎麼了？」寶玉紅了臉，捏了捏襲人的手，襲人聰明，也比寶玉大兩歲，立刻懂了，臉上羞得飛紅，但還是追問了一句：「那是哪裡流出來的？」

《紅樓夢》寫十三歲少年第一次的性幻想，第一次的夢遺，寫得如此真實。在一個對身體充滿了禁忌，避諱一切情慾與性的討論的社會，《紅樓夢》為少年的身體慾望打開了一扇窗口。

十二金釵

既然標舉出了「十二金釵」的名稱，閱讀《紅樓夢》的讀者都極有興趣追蹤這十二金釵女子的線索。

十二金釵，來自《紅樓夢》第五回，寶玉做了夢，夢中到了「太虛幻境」，看到一個大櫥櫃，封條上寫著「金陵十二釵正冊」。金陵，也就是南京，《紅樓夢》的作者曹雪芹家族世代做「江寧織造」的官，因此在南京出生，南京也才是《紅樓夢》一書的真正背景。

賈寶玉初初看到「金陵十二釵正冊」，不解何義，便問警幻仙姑，警幻回答：「即爾省中十二冠首女子之冊，故為正冊。」

因此，「十二金釵」除了「正冊」，還有「副冊」，以及「又副冊」。顯然不只

「正冊」中之主人地位的十二名女子，其實也包括了「副冊」及「又副冊」中的丫環或妾。

整體來說，「十二金釵」是《紅樓夢》陷溺在愛恨生死中的眾多女性的名冊總稱。十二，也許更像是一年十二個月的月令，是時間的象徵。

她們在時間裡活著，像花，像季節，有含苞，有綻放，有盛艷，有凋零，有枯萎，也有死亡。

01 秦可卿

秦可卿是《紅樓夢》十二金釵中最神秘的女性。

秦可卿是寧國府年輕主人賈蓉的妻子。在第五回中，賈寶玉喝了酒，有些睏倦，賈母就交由秦可卿去安排。書中形容她「生得裊娜纖巧，行事又溫柔和平」，是賈母眾孫媳婦中最得意之人。

寶玉因此進了秦可卿臥房，枕著她的枕頭，蓋著她的被子，嗅聞著一股細細的甜香。寶玉在夢中到了「太虛幻境」，聽了《紅樓夢》十二支曲子，無法領悟天機，警幻仙姑就把自己的妹妹許配給寶玉。寶玉在夢中和同樣名為「可卿」的女子雲雨交歡，醒後發現遺下一灘精液，口中還大叫「可卿」！

若在現實中，寶玉對秦可卿的性幻想便是亂倫，但在潛意識中，寶玉透露了可能連自己也不清楚的非分之想。

沒有多久，在小說發展到第十三回時，秦可卿就生病死了。臨死前，她的魂魄還到了王熙鳳床前，透露出「樂極生悲」，「樹倒猢猻散」的家族沒落的悲劇預言。

秦可卿真的是生病死的嗎？

《紅樓夢》第五回中，寶玉到了「太虛幻境」，打開了十二金釵冊頁，其中有一頁畫了一座高樓，上面有一美人懸樑自盡。這幅畫旁有一首判詞：

情天情海幻情深，情既相逢必主淫。
漫言不肖皆榮出，造釁開端實在寧。

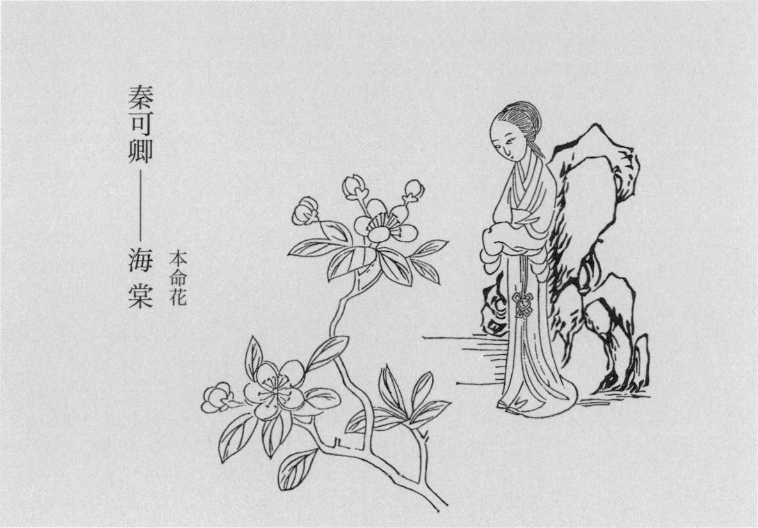

這首詞是隱射秦可卿的，「情」、「秦」是諧音。

畫中的秦可卿不是病死，而是懸樑自盡。

賈府有兩房兄弟，一房是寧國府，一房是榮國府，這首判詞似乎透露了一切罪孽禍端的開始是在寧國府。

寧國府長孫即是賈蓉，秦可卿是他的妻子，賈蓉的父親是賈珍，也就是可卿的公公。

不同的《紅樓夢》版本透露出，原來有一回是〈秦可卿淫喪天香樓〉，肇因於公公賈珍亂倫，逼姦兒媳婦，秦可卿最後在天香樓上吊自殺。

秦可卿的死，傳說作者刪改了原稿，

上圖：清光緒本《繡像紅樓夢》

隱藏了某些家族的醜聞。秦可卿有一名丫頭瑞珠，在秦氏死後「觸柱而亡」，被解釋為「殉主」，但當然也可能是「滅口」。

秦可卿生得美艷，嫁入豪門，但她娘家十分寒素，父親秦邦業是營繕司郎中，已近七十歲，五十三歲生了一個兒子秦鐘，秦鐘入了寶玉讀書的賈府義學，秦邦業為了給義學教席賈代儒二十四兩見面禮，還要「東拼西湊」。這樣貧寒的小公務員家庭，女兒嫁入豪門，好像也無法去理論她的悲劇下場。

秦可卿最風光的一段是第十三回的「死封龍禁尉」，她的公公賈珍為了讓葬禮辦得氣派奢華，不惜花大把銀子為賈蓉捐了「龍禁尉」的官，使秦可卿的出殯葬禮能夠排場風光。

秦可卿在小說一開始就死了，但她的魂魄卻似乎一直籠罩著她死去後的賈府，她的冤屈也似乎一直隱藏在整個繁華家族某個陰暗的角落，使整本書的富貴裡，總是透露著鬼魂嘆息的聲音。

02 賈元春

賈府有四名女兒，按照年紀大小，分別是賈元春、迎春、探春和惜春。這四個女兒，因為老大元春生在正月初一，被認為是吉祥的徵兆，也標誌著春天的來臨，因此取名元春。

元春是賈寶玉的姊姊，原來取名應該從「玉」字輩排行，但因為生辰恰好在元旦，取了「元春」為名，下面三位妹妹也都以「春」為排行，成為元、迎、探、惜四個名字。

有人認為「元、迎、探、惜」加在一起的諧音是「原應嘆息」，是作者曹雪芹在哀悼賈家幾個女兒的悲劇命運。

賈元春是榮國府賈政與王夫人的長女，賈寶玉的親姊姊。元春的年齡，最初許多版本都只大賈寶玉一歲，但寶玉幼年時啟蒙識字，都是元春教的，應該不只大一歲，以後的版本就都修改了，元春便年長寶玉十幾歲。

賈元春十五、六歲被選入宮，成為皇妃。《紅樓夢》第十六回，她被加封為賢德妃，極受皇帝寵愛，也是賈家聲勢達於巔峰的時刻。後來，更因為賈元春受皇恩特賜回娘家省親，為此大動土木，修建迎駕的「省親別墅」。十七回的《紅樓夢》詳細敘述這個別墅修建的浩大工程，可以說是中國清代園林建築一頁鮮活的史料。第十八回〈皇恩重元妃省父母〉，寫出皇家豪華威儀，氣派非凡，很多人認為是作者曹雪芹家族在康熙皇帝南巡接駕時的盛況。

元春是春天，是繁華，是富貴，是生命登峰造極的華麗。

賈元春回家省親是在過年的正月十五日，是元宵節，也是上元節，一年第一個團圓的日子。

第十八回寫出元春回家的一段排場：

忽聽外面馬跑之聲不一，有十來個太監喘吁吁跑來拍手兒。這些太監都會意，知道是來了，各按方向站立。賈赦領合族子弟在西街門外，賈母領合族女眷在大門外迎接。半日靜悄悄的。忽見兩個太監騎馬緩緩而來，至西街門下了馬，將馬趕出圍幕之外，便面西站立。半日又是一對，亦是如此。少時便來了十來對，方聞隱隱鼓樂之聲。

賈元春——牡丹

本命花

一對對鳳翣龍旌，雉羽宮扇，又有銷金提爐，焚著御香；然後一把曲柄七鳳金黃傘過來，便是冠袍帶履，又有執事太監捧著香巾、繡帕、漱盂、拂塵等物。一隊隊過完，後面方是八個太監抬著一頂金頂鵝黃繡鳳鑾輿，緩緩行來。

元春是十二金釵中身分特別尊貴的人物，她回家省親，大家也不容易看清楚她的五官表情。

元春是賈府富貴榮華的極致，她的回家省親，見到親生父母，見到一手撫養她長大的祖母，卻必須行君臣之禮，老祖母必須下跪，賈政、王夫人也都必須下跪。

上圖：清光緒本《繡像紅樓夢》

家族似乎是團圓，卻是痛如刀割。賈元春說了一句話，透露了她在富貴繁華中不可言喻的悲哀：

> 當日既送我到那不得見人的去處，好容易今日回家，娘兒們這時不說不笑，反倒哭個不了。一會子我去了，又不知多早晚才能一見。

應當與祖母、父母親重溫親情，但礙於皇室君臣之禮，不能親近率性，元春感慨地說：「田舍之家，齏鹽布帛，得遂天倫之樂；今雖富貴，骨肉分離，終無意趣。」

賈元春嫁到皇宮去了，依古代的禮法，她是一輩子不能回家，不能與親人相見了。《紅樓夢》的作者杜撰了「元妃省親」的故事，使人看到眾人以為的富貴中，其實有道不盡的淒涼與寂寞。

元春因為看寶玉長大，對這個小她許多的弟弟特別疼愛，入宮以後也常以寶玉為念。

她省親回家，不見寶玉，特別詢問：「寶玉因何不見？」賈母回答說：「無職外男，不敢擅入。」元春特下諭旨，命寶玉進見。太監引了寶玉來，先行國禮，元春待禮畢，才命寶玉近前，「攜手攬於懷內，又撫其頭頸笑道：『比先竟長了好些……』一語未終，淚如雨下。」

這一段短短描寫，道盡元春對寶玉的疼愛，也道盡她入宮後想念親人的委屈幽怨。賈元春十幾歲嫁入深宮，她的青春其實是結束了，在嚴格的皇室禮法中，她連隨意哭笑的自由都沒有。

在她省親回宮之後，她曾經臨幸過的美麗別墅便關閉了起來，不准外人使用。元春在宮裡，思念到了寶玉，思念到正值青春年華的寶釵、黛玉、湘雲，以及自己的幾個妹妹，彷彿無限惋惜，便下了一道命令，讓這些年輕人搬進大觀園。於是在《紅樓夢》第二十三回，寶玉住進了怡紅院，黛玉住了瀟湘館，寶釵選了蘅蕪院，迎春住了綴錦樓，探春住了秋爽齋，惜春住了蓼風軒。

大觀園是為元春省親修建的，元春卻為了她心疼的弟弟妹妹破例開放了大觀園。在她回宮第二個月，二月二十二日，這些少男少女住進大觀園，開始了他們一段美麗的青少年生活。元春自己在皇宮中犧牲的青春，似乎有了他人不容易懂得的補償。

《紅樓夢》第五回關於賈元春的判詞是：

二十年來辨是非，榴花開處照宮闈。
三春爭及初春景，虎兔相逢大夢歸。

「虎兔相逢大夢歸」是寫元春的死亡，許多學者試圖破解這一句謎語，卻還是沒有答案。賈元春早逝，曹雪芹並沒有寫完這一段，九十五回「元妃薨逝」是後人補的。只是元春的榮顯牽繫賈家的富貴，她的死亡自然也標誌著這一富貴的終結罷。

03 迎春

賈迎春是賈家排行第二的女兒，賈赦和妾所生。

迎春是十二金釵中最面目模糊的一個角色。十四歲左右的年紀，卻沒有少女的明媚活潑，沒有主見，沒有個性，在周遭充滿才情的姊妹間特別顯得木訥退縮。

迎春在書中出現不多，第七十三回〈懦小姐不問纍金鳳〉，寫到迎春的奶媽私自偷

賈迎春——女兒花

本命花

了迎春的首飾「金絲鳳」當了賭錢，迎春懦弱，竟然不敢追問。探春、平兒不平，前來幫忙審查，迎春竟然拿著一本《太上感應篇》大談因果，她說：「私自拿去的東西，送來我收下；不送來，我也不要了。」

這樣一名性格懦弱的小姐，最後由父親賈赦做主，嫁給了暴戾凶惡的軍人孫紹祖，活活被折磨而死。第八十回迎春歸寧回家，哭哭啼啼透露說：「孫紹祖一味好色，好賭酗酒，家中所有的媳婦丫頭，將及淫遍。」

第七十九回〈賈迎春誤嫁中山狼〉，呼應著第五回有關迎春的判詞：

上圖：清光緒本《繡像紅樓夢》

子係中山狼，得志便猖狂。
金閨花柳質，一載赴黃粱。

迎春在補寫的一百零九回〈還孽債迎女返真元〉中，被丈夫孫紹祖作賤而死。補寫者寫得很粗略，只是交代原著故事的綱架而已。

04 探春

探春是賈政與趙姨娘所生的女兒，在同輩女兒中排行第三，是賈寶玉同父異母的妹妹。

探春是賈家諸姊妹中才情最高的一個，辦事的能力也最幹練。

第三十七回〈秋爽齋偶結海棠社〉，探春發起了大觀園的少年詩社，使姊妹們定期雅集，吟詩作賦。她寫給寶玉的入社邀請信中說：「孰謂雄才蓮社，獨許鬚眉；不教雅會東山，讓余脂粉耶？」在獨尊男性的傳統社會，探春有打破女性藩籬，發展女性存在意義的現代意識。

探春住在大觀園中的「秋爽齋」，她自稱「秋爽居士」，又稱「蕉下客」，有文人的瀟灑自在。

探春生命中最大的悲劇或許是她的親生母親罷。她的母親趙姨娘是一個丫頭出身的妾，古代的封建禮教下，妾的身分非常卑微，生出了孩子，孩子必須認元配做母親，而稱親生母親為「姨娘」。

探春和弟弟賈環都是趙姨娘所生，也就是古代所說的「庶出」，身分與「嫡出」十分不同。

探春自己自尊自重，並不因庶出而失了他人的敬愛，但是她的母親趙姨娘愚昧衝動，常在眾人面前使她難堪。

探春的聰明能幹表現在第五十五回、五十六回，因為王熙鳳小產體弱，需要調養，管家的重責大任就交付在才十四歲左右的探春身上。

探春剛負責管家，一些老家人都欺她年幼稚嫩，故意刁難，卻被探春一一制服。但是面對親生母親的侮辱，探春卻受了最大的委屈。

五十五回〈辱親女愚妾爭閒氣〉，寫探春一開始上任管事，正巧碰到親生母親趙姨娘哥哥趙國基死亡，賈府奠儀發送有一定例則，趙國基是世代賣身的奴僕，發送款是二十兩銀子。

趙姨娘認為自己的親生女兒探春管家，可以徇私，希望獲得一般奴僕的四十兩銀子，便在探春上班管事的議事廳當眾大吵大鬧，侮辱探春。

探春堅持秉公處理，不可徇私徇情，嚴厲拒絕自己親生母親的不合理要求。在一個處處循私循情的古代封建社會，探春的執法如山，也說明她像極現代社會個性獨立的女性。

她在受母親侮辱時，說出了最心痛的心裡話：「我但凡是個男人，可以出得去，我早走了，立出一番事業來，那時自有一番道理。偏我是個女孩兒家，一句多話也沒我亂說的。」

探春是在保守的封建社會裡最有自覺的女性角色，但她也無法對抗家族倫理的束縛。

第五十六回〈敏探春興利除宿弊〉，更展現了探春在短短管家時期的魄力。她憂心家族的奢華浪費，子弟的不事生產，把大觀園做了一番規劃，使一座大花園不但有專

賈探春——荷花

本命花

人管理，也同時有了生產收入。

探春是積極理性的個性，她不耽溺於自憐自傷，遇到困難，總是想正面的方法解決。她對親生母親不斷帶給她麻煩感到無奈，但她也盡量不受情緒干擾，把自己的生活處理得活潑而豐富。

十二金釵被形容為十二種悲劇命運的結局，探春的「悲劇」是遠嫁。第五回暗示探春命運的一段，畫著兩個人在放風箏，一片大海，一艘大船，船上有一名女子，掩面泣涕之狀，判詞寫的是：

才自清明志自高，生於末世運偏消。
清明涕泣江邊望，千里東風一夢遙。

上圖：清光緒本《繡像紅樓夢》

古代認為女子遠嫁，從此見不到娘家的親人，算是孤苦的悲劇。但以探春的個性而言，嫁到遠方，從此脱離侮辱她、束縛她的親人，開創個人新的活潑的生活，從現代女性的角度而言，探春或許是十二金釵中找到新希望的一個角色罷。

05 惜春

惜春是寧國府賈敬最小的女兒，賈珍的妹妹。小説一開始她只不到十歲的光景，書中描述她「身量未足，形容尚小」。

惜春宿命裡有一種孤僻，第七回裡，她和水月庵的尼姑智能兒一處玩耍，恰巧有人送頭上戴的宮花來，惜春便笑了，她説：「我這裡正和智能兒説，我明兒也要剃了頭跟她做姑子去呢，可巧又送了花來，要剃了頭，可把花兒戴在哪裡呢？」

作者一開始就隱喻著惜春出家的傾向。

有關惜春較重要的情節在第四十二回，因為劉姥姥逛大觀園，讚美園林比畫上的還

賈惜春——曼陀羅

本命花

美，想要有這樣一張畫，帶給鄉下人看一看，因此引發了賈母的念頭，便命會畫畫的惜春把大觀園圖畫下來。惜春在眾姊妹及寶玉的建議和幫助下，開始繪製「大觀園圖」巨幅園林工筆畫。

第五回有關惜春的命運畫面十分清楚，一所古廟，裡面有一美人在內看經獨坐，判詞寫的是：

勘破三春景不長，緇衣頓改昔年妝。
可憐繡戶侯門女，獨臥青燈古佛旁。

「緇衣」指的便是出家人的衣服，惜春最後是以進入佛門做了終結。

上圖：清光緒本《繡像紅樓夢》

06 李紈

李紈是賈寶玉的寡嫂。她的父親李守中，曾經擔任國子祭酒，相當於今天中央研究院院長，是一名學者，但見識上卻很保守，認為「女子無才便是德」。因此，李紈雖然生長在書香世家，卻養成了傳統女性順從退讓的個性。

李紈嫁給寶玉的長兄賈珠，沒有多久，賈珠夭亡，她帶著一個年幼的兒子賈蘭守寡。青春喪偶，李紈的生命如槁木死灰，日日做些針線，侍親養子，已完全失去二十歲女性的活潑光彩。

李紈在十二金釵中像一種不容易發現的灰色調，在金光燦爛、紅艷奪目的眾金釵中特別顯得黯淡。

李紈在大觀園諸多姊妹中像一個舍監，也有監管比她小的弟弟妹妹的責任。她永遠規規矩矩，但在第三十九回中，賈府螃蟹宴，喝了一些酒的李紈，卻透露出她年輕女性未死的性情，使人驚覺到她守寡的道德壓抑下一絲絲情慾肉體的渴望。

李紈喝了酒，用手攬著鳳姐得力的丫頭平兒，仔細地看，讚美道：「可惜這麼個好

李紈——梨花

本命花

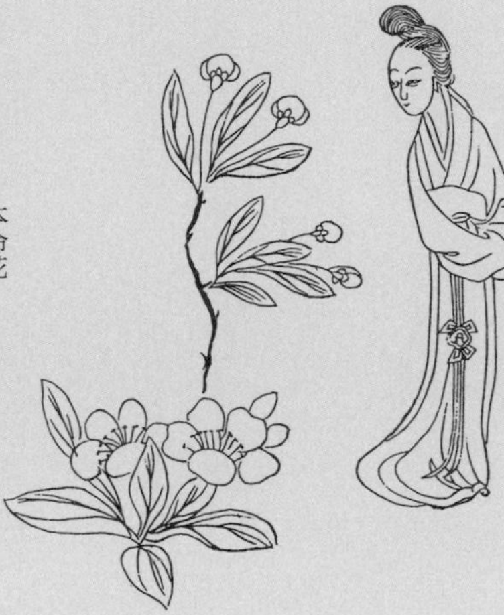

體面模樣兒，命卻平常，只落得屋裡使喚！」

李紈指的是平兒長得如此美麗大器，卻可惜是丫頭的命。

平兒覺得一向謹慎規矩的李紈意外地放肆，她回頭笑著向李紈說：「別這麼摸得我怪癢癢的。」

作者細膩地透露了李紈喝酒以後放肆地在平兒身上亂摸的動作。

李紈摸著摸著，叫道：「噯喲！這硬的是什麼？」

一場非常潛意識的動作，彷彿揭發了李紈對肉體溫暖的渴望。

平兒身上「硬的」東西是一串鑰匙，貼身藏在內衣口袋裡，讀者可以想見李

上圖：清光緒本《繡像紅樓夢》

紈的手在另一個女性身上摸索的狀態。

這好像是李紈在一部《紅樓夢》中最感人的描寫，她終於不是整年穿著灰黑衣服、沒有色彩、沒有慾望的李紈了。

據說，李紈最後等到了兒子賈蘭考中進士，做了官，她熬出了頭，有了鳳冠霞帔。但在第五回的判詞中，作者似乎對她的命運還是充滿了惋惜：

桃李春風結子完，到頭誰似一盆蘭。
如冰水好空相妒，枉與他人作笑談。

07 王熙鳳

王熙鳳是《紅樓夢》裡寫得極其出色的一個人物。在整部小說中她佔有重要的分量，她也是賈氏家族熱鬧繁華的中心。

第三回林黛玉進榮國府，王熙鳳第一次出場，作者就刻意描寫這個不同凡俗的女人全身上下閃爍的艷麗光彩：

頭上戴著金絲八寶攢珠髻，綰著朝陽五鳳掛珠釵，項上戴著赤金盤螭瓔珞圈；裙邊繫著豆綠宮絛，身上穿著縷金百蝶穿花大紅洋緞窄褙襖，外罩五彩刻絲石青銀鼠褂；下著翡翠撒花洋縐裙。

王熙鳳的美是非常世俗人間的，她要現世的權力，也要現世的財富。她大膽潑辣，對賈母、王夫人百般奉承，也對懦弱卑微的下人苛刻寡恩。

王熙鳳出自豪門，父親是九省統制王子騰。兩個姑媽，一個嫁給賈政，即是寶玉的母親王夫人；另一個嫁給掌握皇家採買銀庫的富裕薛家，也就是薛寶釵和薛蟠的母親薛姨媽。

王熙鳳嫁給賈璉，一個懦弱無能卻總是拈花惹草的紈褲子弟，王熙鳳靠著賈母的寵愛、王夫人的支持，一手掌控了賈家財政與管理的大權。只有二十歲上下的年紀，卻精明幹練，使趨向沒落的賈氏家族維持著表面的繁華，而王熙鳳也從中作威作福，享盡名利的滿足。

王熙鳳是活在現世的物質繁華裡的，作者總是對她身上的物質世界做詳細的描寫。劉姥姥第一次進榮國府，看到了鳳姐：

那鳳姐家常帶著紫貂昭君套，圍著那攢珠勒子，穿著桃紅灑花襖，石青刻絲灰鼠披風，大紅洋縐銀鼠皮裙，粉光脂艷，端端正正坐在那裡，手內拿著小銅火箸兒撥手爐內的灰。

王熙鳳對卑微者沒有同情，她的厲害狠毒一開始就表現在整死賈瑞的事件上。賈瑞是賈家的遠親，父母早亡，由祖父賈代儒帶大，教訓太嚴，弄得賈瑞十分猥瑣自卑。

賈瑞在一次家宴中暗戀上鳳姐，原本不敢如何放肆，鳳姐卻一眼看出對方的痴迷，便狠心利用賈瑞的痴心，一路矇騙引誘，連同姪子賈蓉，設下圈套，活生生把賈瑞整死。

第十二回〈王熙鳳毒設相思局，賈天祥正照風月鑑〉，寫賈瑞陷入情慾陷阱的難

王熙鳳——妒婦花

本命花

堪痛苦，最後在床上不斷幻想與鳳姐交媾，遺精而亡，也透露出利用自己美色如此折磨對方的鳳姐之「毒」。

王熙鳳的「毒」，也表現在第六十八回〈苦尤娘賺入大觀園，酸鳳姐大鬧寧國府〉。

王熙鳳的丈夫賈璉，只要有機會就勾搭女人，連賈家廚師鮑二家的媳婦也趁機染指。但賈璉又極無能，畏懼王熙鳳，因此一有機會認識尤二姐，便在外面租了房子，偷偷養起情婦來。

這個秘密被鳳姐知道，她便使出了高明的手段，把尤二姐騙入大觀園，暗中唆使尤二姐先前已退婚的未婚夫張華，出面告賈璉在國孝、家孝中違法娶親，

上圖：清光緒本《繡像紅樓夢》

鳳姐藉機大鬧寧國府，表面做出一派賢慧，處處為尤二姐著想，暗地裡卻調唆小妾秋桐折磨尤二姐。在第六十九回〈弄小巧用借劍殺人〉一段中，尤二姐終於吞金自殺，王熙鳳的狠毒權謀也令讀者不寒而慄。

王熙鳳的精明能幹，使她可以玩弄權力於指掌間，她曾經偽造賈璉文書，包攬訴訟，借此賺取賄賂，她也挪用公款放高利貸，常常因此拖欠賈府僕人的月錢。

王熙鳳只要現世中的成功與利益，可以不擇手段把他人踩在腳下。

但在《紅樓夢》中，她還是一個悲劇角色，作者以極悲憫的筆法寫這個人對現世名利痴迷不悟的痛苦，她爭強鬥勝，最終卻落得一場空。

王熙鳳在偶然的因緣際會下救濟了貧婦劉姥姥，不知不覺種下一點因果，使她唯一的女兒巧姐，得以在最後有了被救助的好結局。

《紅樓夢》一路書寫王熙鳳的聰明成功，也一路使人慨嘆她在現世的富貴繁華中痴迷不悟，恰如第五回裡詠嘆她的一支曲子：

機關算盡太聰明，反算了卿卿性命。
生前心已碎，死後性空靈。

家富人寧，終有個家亡人散各奔騰。
枉費了，意懸懸半世心；好一似，蕩悠悠三更夢。
忽喇喇似大廈傾，昏慘慘似燈將盡。
呀，一場歡喜忽悲辛。嘆人世，終難定！

至於第五回有關王熙鳳的判詞，一直是個解不開的謎，這謎中隱藏著鳳姐的下場：

凡鳥偏從末世來，都知愛慕此生才。
一從二令三人木，哭向金陵事更哀。

許多學者著力解釋「一從二令三人木」的隱喻，有人認為「人木」是「休」，王熙鳳最終的結局是在賈家家敗人亡之後，被無能的丈夫賈璉「休妻」。

事實上，《紅樓夢》的作者或許並不在意結局，而是一一呈顯一個生命過程中的因果罷！

08 巧姐

巧姐是賈璉、王熙鳳的獨生女兒，小說開始時只是個懷抱在手的嬰兒，前八十回中也很少有她的情節。

第四十二回，劉姥姥在賈府住了幾天，恰好巧姐生病，鳳姐擔心，請劉姥姥有年紀的人看一看，劉姥姥說是富貴人家孩子嬌嫩，怕是中了邪祟。鳳姐依言送祟，巧姐病也好了。鳳姐就把巧姐託給劉姥姥，拜姥姥做乾媽，借劉姥姥的壽，也借莊稼人的貧苦耐勞，使巧姐容易養大。

巧姐生在七月七日，拜劉姥姥做乾媽時還沒取名字，劉姥姥便以七月七日是乞巧節，取了「巧姐」這個名字，認為將來長大逢凶化吉，都從這個「巧」字來。

八十回後，續補的《紅樓夢》借這條線索，發展出巧姐被舅舅王仁及賈芸在鳳姐死後賣給外藩為奴，結果被劉姥姥救走，隱藏在鄉下農家，度過一劫。也正符合了第五回有關巧姐的判詞：

巧姐——牽牛花

本命花

勢敗休云貴，家亡莫論親。
偶因濟村婦，巧得遇恩人。

《紅樓夢》十二支曲子也有一支是影射巧姐故事的：

留餘慶，留餘慶，忽遇恩人；幸娘親，幸娘親，積得陰功。
勸人生，濟困扶窮，休似俺那愛銀錢忘骨肉的狠舅奸兄！
正是乘除加減，上有蒼穹。

這裡的「狠舅奸兄」，也就是續補《紅樓夢》第一百一十九回中寫的王仁和賈芸。

上圖：清光緒本《繡像紅樓夢》

09 史湘雲

《紅樓夢》有四大家族：封榮國公的賈家，九省統制的王子騰家族，擔任皇家買辦的富商薛家，以及忠靖侯史鼎家族。史湘雲是史鼎的姪女，也是賈母史太君的姪孫輩，因為父母早亡，常被史太君接到賈府來照顧，從小便和寶玉、黛玉一同長大。

寶玉像不願長大的小孩，總是留戀小時候在一起沒有男女之別、兩小無猜的天真。

第二十一回，史湘雲住在黛玉房中，寶玉一大早就跑過來，進了臥房，看到湘雲一彎雪白的膀子露在被子外面，寶玉怕她著涼，輕輕替她蓋上。湘雲起床，丫頭服侍洗了臉，要潑了殘水，寶玉說：「站著，我趁勢洗了就完了。」寶玉就用湘雲用剩下的水洗了臉。

寶玉眷戀所有童年身體沒有嫌隙的親密記憶。

他十三歲了，被認為長大了，是男人，不再是男孩，然而他似乎拒絕長大，拒絕長大以後人與人的隔閡，以及性別的隔閡。

他看湘雲已經梳了頭，便央求說：「好妹妹，替我梳上頭罷。」湘雲道：「這可不

史湘雲——芍藥

本命花

能了。」寶玉笑道：「好妹妹，妳先時怎麼替我梳了呢？」湘雲道：「如今我忘了，怎麼梳呢？」

湘雲當然不是忘了，而是覺得各自長大了，男女有別，不能再那麼親近。其實史湘雲是一個個性開朗，率性天真，講話很直，常會無意中得罪人的女孩子。她的性格甚至有些像男孩子，也常常穿男裝扮成男孩子。

第三十一回〈因麒麟伏白首雙星〉，寶玉在清虛觀從道士處得了一個赤金點翠的麒麟，湘雲身上也有一個金麒麟，回目上的「伏白首雙星」似乎暗示著《紅樓夢》作者原來是要寶玉和湘雲成親，白頭到老。有些學者因此認為，所

上圖：清光緒本《繡像紅樓夢》

謂「金玉良緣」指的是湘雲的「金麒麟」，而不是寶釵的「金鎖」。

史湘雲喜歡講話，不太隱藏心事，做起詩來也搶著做，都表現著她大方明朗的性格。

第六十二回〈憨湘雲醉眠芍藥裀〉，最能看到湘雲的本性，她不耐煩太過文縐縐的「射覆」酒令，和寶玉猜拳飲酒，酒喝多了就在花園中睡著了。這一段寫出了湘雲最率性自在、無拘無束的一面：

果見湘雲臥於山石僻處一個石凳子上，業經香夢沉酣，四面芍藥花飛了一身，滿頭臉衣襟上皆是紅香散亂，手中的扇子在地下，也半被落花埋了，一群蜂蝶鬧嚷嚷的圍著，又用鮫帕包了一包芍藥花瓣枕著。

第五回有關湘雲的判詞是：

富貴又何為，襁褓之間父母違。

展眼吊斜暉，湘江水逝楚雲飛。

這首判詞中有湘雲的名字，但除了點出她父母早亡，並沒有太多其他暗示。《紅樓夢》十二支曲子中，有關她的命運透露了比較多的訊息：

襁褓中，父母嘆雙亡。
縱居那綺羅叢，誰知嬌養？
幸生來，英豪闊大寬宏量，從未將兒女私情略縈心上。
好一似，霽月光風耀玉堂。
廝配得才貌仙郎，博得個地久天長，準折得幼年時坎坷形狀。
終久是雲散高唐，水涸湘江。
這是塵寰中消長數應當，何必枉悲傷！

高鶚補寫的《紅樓夢》中，依據這首曲子透露的訊息，讓湘雲嫁了極好的夫婿，卻因為丈夫早逝，湘雲守寡寂寞以終志。

10 妙玉

妙玉是一個帶髮修行的尼姑。她原來是蘇州人，祖上是讀書仕宦之家，因為從小多病，古代迷信買替身可以消災，但都無效，最後妙玉只有親身入了空門，出家修行，病才好了。

第十七回，賈府準備迎接元春回家省親，大觀園中有寺庵，供賈妃拜佛上香，因此聘買了十二個小尼姑小道姑，以供做法事齋壇之用。有人建議這庵堂由妙玉主持，妙玉因此住進了大觀園的櫳翠庵。

妙玉是出家人，不常參加賈府的活動，總在廟中修行，但偶然出現，她獨特高傲潔癖的性格，卻給人鮮明的印象。

有關妙玉的性情，在第四十一回中看得特別清楚。

鄉下窮老太太劉姥姥第二次到賈府，賈母興致高，帶著劉姥姥逛大觀園，走到了妙玉修行的櫳翠庵。

妙玉接待賈母，親自捧了一個海棠花式雕漆填金雲龍獻壽的小茶盤，裡面放一個成

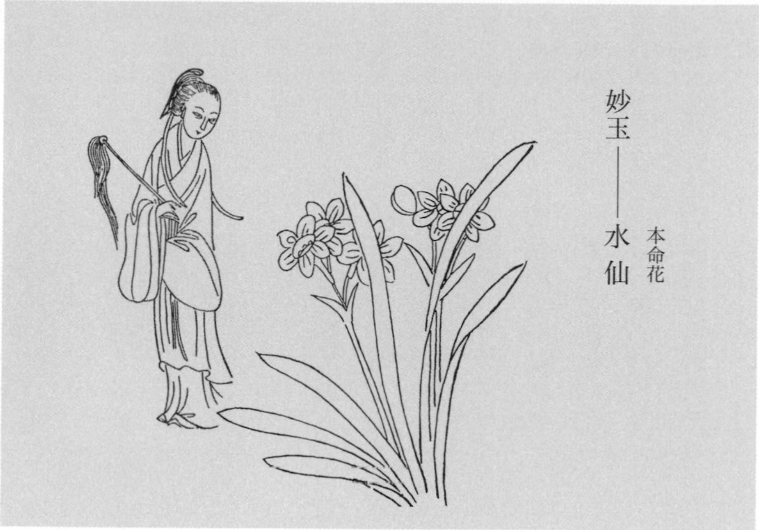

窯五彩小蓋鍾，捧與賈母。

賈母吃了半盞，遞給劉姥姥，要她也嚐嚐。劉姥姥是鄉下農民，沒有喝過這樣講究的茶，只說：「好是好，就是淡些，再熬濃些更好了。」

因為劉姥姥用了這只成窯五彩小蓋鍾，妙玉嫌骯髒了，就命小尼姑擱在外面不要了，後來是寶玉求情，才把這明代成化年間燒製的貴重茶杯賞給了劉姥姥。

妙玉給寶釵和黛玉的茶器，一個叫「𤫩瓟斝」，一個是「點犀盉」，更是價值連城的古董。

妙玉修佛，卻對人有如此不同的對待，寶玉笑她應該「世法平等」，點出

上圖：清光緒本《繡像紅樓夢》

了妙玉修行中的執著障礙。

妙玉給黛玉、寶釵烹茶，用的水連黛玉也分辨不出，以為是隔年貯存的雨水。妙玉說：這是五年前在玄墓山蟠香寺收的梅花上的雪水，藏在花甕中，平日埋在地下，五年後才打開來烹茶。

妙玉修行，卻計較著生活中最細微精緻的講究，彷彿她的修行，正是她無法放下的美的潔癖。

第五十回，下了大雪，櫳翠庵有十數枝紅梅，開得像胭脂一樣，大家都覺得美，但也都懼憚妙玉不近人情的怪癖，不敢去要，最後商議由寶玉去乞紅梅。

寶玉成功要到了紅梅花，作者含蓄地暗示了出家修行的妙玉對少年寶玉的隱藏情愫，但寫得極其委婉，也充滿了寬容悲憫，並沒有絲毫苛薄的嘲諷挖苦。

第六十三回〈壽怡紅群芳開夜宴〉，寶玉生日，妙玉送了一張粉紅箋紙，上面寫的賀詞是：「檻外人妙玉恭肅遙叩芳辰」。她在修行中記著寶玉的生日，透露著孤獨高傲的外表下灼熱沸騰的內心世界。

妙玉當然有作者極端同情的苦，作者在第五回妙玉的判詞中說：

欲潔何曾潔，云空未必空。
可憐金玉質，終陷淖泥中。

補寫《紅樓夢》的人依據這判詞，寫出了妙玉最後坐禪走火入魔，為強人擄去的結局。

原書的作者似乎不那麼直接，曹雪芹對妙玉的苦是有許多悲憫的。試看《紅樓夢》十二支曲子中有關妙玉的一段：

氣質美如蘭，才華馥比仙。天生成孤癖人皆罕。
你道是啖肉食腥羶，視綺羅俗厭；卻不知太高人愈妒，過潔世同嫌。
可嘆這，青燈古殿人將老；辜負了，紅粉朱樓春色闌。
到頭來，依舊是風塵骯髒違心願。
好一似，無瑕白玉遭泥陷；又何須，王孫公子嘆無緣。

II 薛寶釵

薛寶釵在第四回中首次出現。寶釵和哥哥薛蟠陪同母親薛姨媽，進京探望賈家。事實上，寶釵有一條不太為人重視的目的進京，即是等待選妃入宮。但為何此後寶釵一直住在賈家，是不是沒有獲選為妃嬪，書中並未再做交代。

寶釵的家族是世代皇商，是總管皇家錢糧物質的肥缺。父親早逝，母親又是九省統制王子騰的親姊妹，哥哥薛蟠卻不學無術，是標準的紈褲無賴，寶釵便顯得特別早熟。她的精明幹練不下王熙鳳，又讀書識字，行事特別委婉含蓄，總讓人覺得她充滿心機卻不外露，是城府特別深的女子。

第八回〈賈寶玉奇緣識金鎖，薛寶釵巧合認通靈〉，透露了寶釵身上掛著一隻癩頭和尚給的金鎖，上面鑿著八個字：「不離不棄，芳齡永繼」。似乎和寶玉出生帶來的玉上的八個字「莫失莫忘，仙壽恆昌」，正是一對。

寶釵進京是為了待選入宮，此事似乎沒有成功，她在賈府住了下來，和寶玉很要好，但顯然有一個比她早來的勁敵——林黛玉。

薛寶釵——玉蘭

本命花

寶釵是否用盡心機要在這場三角戀愛中獲勝，作者並沒有直寫，但寶釵的一些小動作，很含蓄地透露了她不為人知的機巧。

第二十七回〈滴翠亭楊妃戲彩蝶〉，寶釵被形容是體態豐滿的楊貴妃。她追逐著飛舞的蝴蝶，一直追到池邊滴翠亭上，「香汗淋漓，嬌喘細細」，寶釵的美是非常肉體的。

她在亭外，聽到亭裡兩個丫頭小紅和墜兒談著秘密，寶釵警覺，正要躲避，卻已來不及，便假裝在追黛玉，大叫：「顰兒，我看妳往哪裡藏？」不但不躲，反而走進亭子。

兩個丫頭便大吃一驚，疑心剛才講的

上圖：清光緒本《繡像紅樓夢》

悄悄話都被黛玉聽去了。

這一段輕描淡寫，不容易看出寶釵工於心計，也或許是潛意識叫出黛玉的小名，卻因此一面使自己脫身，另一面把禍嫁給黛玉。

寶釵肉體上的豐腴，也在第二十八回〈薛寶釵羞籠紅麝串〉一節中，借寶玉的眼睛描寫了出來：

可巧寶釵左腕上籠著一串，見寶玉問她，少不得褪了下來。寶釵原生得肌膚豐澤，一時褪不下來。寶玉在旁邊看著雪白的胳膊，不覺動了羨慕之心，暗暗想道：「這個膀子若長在林姑娘身上，或者還得摸一摸，偏長在她身上，正是恨我沒福！」

寶玉看著寶釵的臂膀，有了少男情不自禁的幻想，他對林黛玉的情感覺得從沒有人可以取代，但黛玉是非常精神的，一時使寶玉對寶釵肉體的美有了非分之想。

《紅樓夢》的判詞中，寶釵與黛玉總是合成一首，似乎暗示著二人是寶玉無法取捨的兩難。十二金釵中，只有她們的判詞是二人合為一首，可見作者用心之深：

可嘆停機德，誰憐詠絮才。
玉帶林中掛，金簪雪裡埋。

作者在「德」與「才」的兩難裡矛盾著。即使在《紅樓夢》十二支曲子中，林黛玉和薛寶釵也是不可分割的：

都道是金玉良緣，俺只念木石前盟。
空對著，山中高士晶瑩雪；終不忘，世外仙姝寂寞林。
嘆人間，美中不足今方信。
縱然是齊眉舉案，到底意難平。

最終寶玉果然是與寶釵成親，成就了「金玉良緣」，但他一生中永遠有無法忘懷、無法完成的「木石前盟」的遺憾罷！

12 林黛玉

十二金釵裡最不容易描述的就是林黛玉。

薛寶釵、王熙鳳都是比較現實的存在，有肉體五官的細節，有頭飾服裝的具象形容，作者為她們鉤畫了很清晰的視覺輪廓。她們存在於現實生活中，有色彩、有形象、有體溫，她們的存在像一種具體的物質，佔有一個固定的空間。王熙鳳每次出場都光彩閃耀，金黃艷紅構成強烈的視覺，她總是笑聲不斷，常常人還沒有到，聲音已經傳來。

比較起來，林黛玉的存在是非常不具體的，她像大觀園裡的一縷魂魄。魂魄是沒有形象的，來無蹤跡，去無形影。她的存在彷彿只是一種回憶，回憶著前世自己是一株草，有人用水澆灌滋潤，她這一世來，是要把所欠的水還掉。她不斷流淚，淚水流完，該償還的償還了，她就要走了。她要的不是存在的堅持，她要的其實是消逝。

她像是熱鬧繁華裡的一聲長長嘆息，嘆息的聲音也總是微弱到不容易覺察，掩蓋在太多喧嘩笑聲之下，那嘆息的聲音只有寶玉聽到，而寶玉正是她要還眼淚的人。

有關黛玉的出場，作者的形容更像是一種惋惜心疼：

> 兩彎似蹙非蹙籠煙眉，一雙似喜非喜含情目。態生兩靨之愁，嬌襲一身之病。淚光點點，嬌喘微微。閑靜時如姣花照水，行動處似弱柳扶風。心較比干多一竅，病如西子勝三分。

黛玉的出現，沒有具體的容貌，卻傳達出一種心事。

黛玉在十二金釵裡是寶玉一生的遺憾，他們糾纏牽掛，愛與恨總是理不清頭緒，正是十二、十三歲少男少女的痴情。

寶玉和黛玉在天真無邪的年齡認識，他們從小睡在一張床上，與其說是情侶，不如說是兩小無猜的兒時玩伴。寶玉固執地不願意長大，他也要所有的兒時玩伴都一起不要長大，襲人、晴雯是他的丫頭，也是他的兒時玩伴，他也不要她們長大。

寶玉有個呆想頭，他覺得男人都髒，濁臭逼人，因為寶玉身邊的男人不是貪愛權力，就是貪愛財富。他後來發現，女人結了婚以後也都和男人一樣，濁臭逼人。

寶玉的心中只有少女是清潔的，沒有現實人間的污染。他對寶釵也有微詞，因為寶釵勸他長大，學做男人，求取功名，考試做官。他慨嘆好好清靜女兒也被功名荼毒了，他因此特別稱讚黛玉，他說：林妹妹從來不說這些混帳話！

在寶玉心中，黛玉是從一而終的知己，但是他們一見面就爭吵，愛到極致，又似乎要去不斷證明、挑釁那到底是不是愛？

《紅樓夢》十二支曲子裡，說他們的關係說得好：

一個是閬苑仙葩，一個是美玉無瑕。
若說沒奇緣，今生偏又遇著他；若說有奇緣，如何心事終虛話？
一個枉自嗟呀，一個空勞牽掛。一個是水中月，一個是鏡中花。
想眼中能有多少淚珠兒，怎禁得秋流到冬，春流到夏！

這一段的形容也不是具體描寫，讀者無法掌握黛玉的長相，但是黛玉的心事心境卻都清清楚楚。

作者使黛玉神龍見首不見尾，避開任何具象的形容，使黛玉的美始終如霧裡看花，留給讀者一個巨大的想像空間。因此，任何舞台、電影、繪畫試圖形象林黛玉，結果都慘不忍睹。

「黛玉葬花」是《紅樓夢》動人的一段，漫天落花，花片在暮春的風中飛揚飄散，

林黛玉——靈芝

本命花

黛玉荷鋤而來，埋葬落花，也埋葬自己。我們看到的其實不是黛玉，而是生命面對美與死亡的絕決表情，我們如果被感動了，是因為我們觸碰到自己內在一個深藏的黛玉的部分。

我們都有愛美的部分，我們都曾經深情，我們都熱愛過生命，寧為玉碎，不做一點妥協，那就是《紅樓夢》中的黛玉。

黛玉葬花使許多人感動，因為我們或許已經埋葬了自己最美好的部分，我們妥協地活著，但是我們埋葬自己的「花塚」還在某處，做為曾經美好的紀念！

林黛玉是不可能具體的，每個感動於黛玉生命形式的人，都是在黛玉身上看到未曾死去的自己。

上圖：清光緒本《繡像紅樓夢》

大觀園的設計師山子野

《紅樓夢》第十七回〈大觀園試才題對額〉是與建築很有關連的一段文字，記錄了許多明清園林建築實際建造的過程，是瞭解古代園林建築技法與觀念最活潑的史料。

修建大觀園的起因是賈元春。賈政的大女兒賈元春嫁到皇家，被封為鳳藻宮賢德妃，皇帝特別恩准她可以回娘家省親。賈家為了接駕，就在宅第東邊一片長「三里半」的空地，起造迎接皇妃回家省親的別墅，也就是後來改名過的「大觀園」。

「大觀園」的建築設計是由一位老先生負責，別號叫「山子野」。書裡沒有提他的名字，「山子野」是別號，我總覺得像是今天一間建築事務所的名稱。

如果在今天，「大觀園」的建築工地旁就會有一個執照牌子，上面寫著：「山子野建築事務所監造」吧。

因此，「大觀園」是山子野建築師的作品。

那時的賈府，貴為皇親，又是為了迎接皇妃，如此大事，這個「大觀園」的修建，一定要找當時一等一的紅牌建築師。用今天的建築流行口頭禪來說，不是安藤忠雄，就是Norman Foster，或者

Frank Gehry，至少也是貝聿銘吧。

「大觀園」是不是確實存在？是小說裡的杜撰虛擬？還是作者真正生活過的空間記憶？至今無法證明。

「大觀園」在閱讀的世界是真實存在的。讀小說的讀者，確實身歷其境。

賈元春十六歲嫁入皇家，從此親人遠隔，她的大好青春也從此結束。她回家省親之後，整片別墅因為皇妃「臨幸」過，外人不能擅自進入，美麗的花園完全封閉。賈元春不忍園林任其荒廢，下了一道旨意，命寶玉兄妹等十四歲上下的少年少女，全部住進去。

「大觀園」事實上是賈元春庇護下的一個青春王國。她自己失去了青春，卻以皇家的勢力保護青春，給予寶玉黛玉一個任意揮霍青春的樂園。

走過種滿湘妃竹的瀟湘館，這是林黛玉的居處。一片翠竹森森，竹子叫做湘妃竹，因為竹竿上都是娥皇、女英在湘水岸邊哭泣愛人留下的淚跡斑痕；風聲竹聲哭聲裡，彷彿聽到廊簷下掛的一架鸚鵡，長長嘆了一口氣。這隻鸚鵡會學黛玉吟詩：「儂今葬花人笑痴，他年葬儂知是誰？」瀟湘館的空間，不像是為人間的肉體設計的，是提供給暫時借住就要離去的天上的魂魄。

走過怡紅院，深綠淺綠的芭蕉下，盛放著一片爛漫艷紅的海棠花；山子野建築師在這裡選用了「紅」「綠」的強烈色彩對比。十四歲的賈寶玉第一次到這裡，題了「怡紅快綠」四個字，他說：

「此處蕉、棠兩植，其意暗蓄『紅』『綠』二字在內。」山子野的設計被寶玉一語點出，賈寶玉似乎也應該去讀建築系。寶玉是熱情的，他想熱烈地擁抱每一個人，他想把自己的肉體分散給每一個需要體溫的生命。寶玉住在怡紅院，他的空間是濃艷的血的顏色。

薛寶釵住在「蘅蕪院」。杜若、蘅蕪，都是香草，使人想到《楚辭》，想到屈原〈九歌〉、〈離騷〉裡的香花。這個空間沒有巨大的花樹，「只見許多異草，或有牽藤的，或有引蔓的，或垂山嶺，或穿石腳，甚至垂檐繞柱，縈砌盤階，或如翠帶飄搖，或如金繩蟠屈，或實若丹砂，或花如金桂，味香氣馥。」這個空間不是視覺的，卻強調濃烈的嗅覺。薛寶釵身上有一種香味，她的存在也是非常嗅覺的。她有天生的「熱病」，要長年吃「冷香丸」。「冷香丸」像薛寶釵留在空間裡一縷揮之不去的氣息。

李紈是賈寶玉大哥賈珠的妻子，賈珠早夭，李紈不到二十歲就守寡，帶著一個遺腹子賈蘭過日子，她在大觀園的住處是「稻香村」，種稻麥五穀，沒有奇花異草，連禽鳥也只養雞鴨家畜。「稻香村」沒有華彩，只是安分過日子，李紈一生也只是本分地守她的「婦道」。

但是，賈寶玉不喜歡「稻香村」的虛假做作，在富貴人家硬造出一個農村，表示樸素，似乎他對李紈遵守禮教、年輕守節也很不以為然。

清光緒本《增評補圖石頭記》「大觀園圖」

山子野蓋的大觀園到底在哪裡？

紅學的學者都在找，有的說在北京，有的說在南京，有人認為應該在揚州，也有人認為是在蘇州。

這些地方現在出現了許許多多大觀園，假的竹子，塑料的花，連林黛玉都用蠟像做一個假的，拿著紙扇子，黏了長長假睫毛，對每一個遊客笑吟吟，令人起雞皮疙瘩，好像看到了鬼。

《紅樓夢》的建築師山子野在哪裡？

他為《紅樓夢》裡的人物一一規劃準備了他們暫時要居住的空間，他們要在這裡生活，在這裡行住坐臥，在這裡喜悅或憂傷，在這裡或愛或恨，在這裡貪婪或淡泊，在這裡牽掛糾纏或一清如水，在這裡捨得或捨不得，他們每個人有每個人的空間，每個人有每個人的宿命，每個人有每個人的執著或領悟。

山子野或許並沒有設計一所真實存在的大觀園，他設計了提供給《紅樓夢》人物可以歌笑涕淚的心靈空間。

不知道是否還有山子野這樣的設計者，給人性一個可以優游的空間？

第三章

紅樓夢裡的愛情與生死

寶玉和黛玉是情侶嗎？

芒種節對今日的讀者已經有些陌生了。

古代每到四月下旬，要向花神餞別，過了芒種節就是夏天了，「眾花皆卸，花神退位，須要餞行」。

「送春」的習俗，也說明著人們對春天的不捨、依戀與感謝吧。

芒種節又多由閨中的少女們舉行，有點珍惜青春年華的意味吧。在日本，常有俗稱「女兒節」的，也是由閨中少女告別春天。

《紅樓夢》中的「芒種節」，使得大觀園中所有的女孩子們都早早起來，這一天是四月二十六日。

大觀園的女孩子們，「或用花瓣柳枝編成轎馬的，或用綾錦紗羅疊成干旄旌幢的，都用彩線繫了。每一棵樹頭，每一枝花上，都繫了這些物事。滿園裡繡帶飄搖，花枝招展。」

而在芒種節這一天，心事最多的當然是黛玉。她沒有參加眾人熱鬧的「送春」儀式，她孤獨一人，帶了花鋤，走到僻靜的地方去「葬花」。

黛玉葬花的故事，是所有讀《紅樓夢》的讀者印象深刻的一段。

這一段故事發生在《紅樓夢》的第二十三回。

三月中旬，正是春天百花開到最盛艷的季節。少年的寶玉，瞞著父母家人，偷偷帶了一套《會真記》，跑到沁芳閘橋邊的桃花底下讀書。

《會真記》原來是唐朝元稹寫的《鶯鶯傳》，描寫崔鶯鶯和張君瑞私自戀愛，鶯鶯的侍女紅娘從中穿針引線，撮合二人幽會，被鶯鶯的母親知道，拷打紅娘。

《鶯鶯傳》在金代、元代被改編成戲劇，歌頌青年自由的戀愛，打破封建禮教的約束，很受民間喜愛，成為家喻戶曉的《西廂記》。

賈寶玉這時在春天的桃花樹下讀的，就是元代經王實甫改編的《西廂記》。

這部書因為描寫鶯鶯違反家規，和張君瑞幽會私通，涉及青年的肉體情慾，雖然被民間廣為流傳，卻是書香世家不准子弟閱讀的「禁書」。

賈寶玉便偷偷在春天的花園中讀「禁書」。

春天的花園，像是寶玉這個情慾剛剛萌芽的少年孤獨的內心世界。他看到書上有「落紅成陣」這樣的句子，剛好一陣風過，樹上桃花被風吹下一大片，「落得滿身、滿書、滿地皆花片」。

這是《紅樓夢》令人著迷的片段，一個少年，一身都是落花，他想走動，又害怕踏壞了地上的落花，便用衣襟兜著花瓣，慢慢走到水池邊，把花瓣抖在水中。那條水是山子野設計的「沁芳閘」，是盛受落花芬芳的園林溪流。

那花瓣兒浮在水面，飄飄蕩蕩，竟流出沁芳閘去了。

寶玉身邊有許許多多的女性，她們美麗、聰明、靈慧、體貼，她們都成為寶玉一生一世忘不掉、也感念不盡的青春伴侶。

但是，在所有的女性中，沒有人能夠取代林黛玉。

寶玉和黛玉沒有任何肉體上的關係，似乎連情慾也沒有。他們有時甚至覺得比他人更疏遠，彼此來往不多，交談也不多。

民國本《增評加注全圖紅樓夢》「西廂記妙詞通戲曲」

但是，在寶玉最孤獨的時候，黛玉會出現。寶玉看著一地落花，百感交集的時刻，黛玉走來了，像是生命裡另外一個自己，沒有人會這麼熟悉、這麼親密。

黛玉來了，肩膀上擔著花鋤，花鋤上掛著紗囊，手裡拿著掃花的掃帚。

寶玉說：「來的正好，妳把這些花瓣兒都掃起來，撂在那水裡去吧！」

他們都疼惜花，疼惜美，疼惜生命，他們不同一般的情侶，他們似乎沒有此生的瓜葛，卻是在久遠的前世已經有了緣分。

黛玉卻不贊成把花撂在水裡，她說：「撂在水裡不好。你看這裡的水乾淨，只一流出去，有人家的地方兒什麼沒有，仍舊把花糟蹋了。」

黛玉珍惜花，連落花都不願糟蹋。她惋惜花，不要花隨水流去人間，在雜穢的人世仍然要被糟蹋污染。

黛玉說：「那畸角兒上，我有一個花塚。如今把它掃了，裝在這絹袋裡，埋在那裡，日久隨土化了，豈不乾淨？」

寶玉和黛玉因此有了其他人沒有的共同秘密。他們在春天一起惋惜落花，一起埋葬落花，他們的青春有了共同的紀念，共同的哀悼，共同的回憶，共同的眷戀與不捨。天長地久的不會是肉體，不會是花，而是曾經共同擁有的美麗的記憶吧。

黛玉葬花，把花瓣裝在絲織的絹袋裡，埋在大觀園牆角的花塚下，日久隨土化去，乾乾淨淨，也正是「落花不是無情物，化作春泥更護花」的主旨。

黛玉葬花一段使許多人感動，變成舞台上美麗的形象，變成仕女圖的主題，甚至變成廣告設計的圖像，對流行消費的大眾文化都產生了影響。

黛玉在葬花之後，走到梨香院，聽到學戲的十二個女孩子正唱著《牡丹亭》的句子：「原來奼紫嫣紅開遍，似這般都付與斷井頹垣。」又聽到：「只為你如花美眷，似水流年！」

黛玉感悟到葬花其實是埋葬自己，惋惜花的凋零，也就是惋惜青春逝去。

黛玉葬花

黛玉葬花後第二十三回的故事，發展到第二十七回的〈埋香塚飛燕泣殘紅〉，結構成文字中最完美的畫面。

〈葬花詞〉形象化地勾勒出黛玉葬花的心事，這首長詩是古典文學的名作，也是開啟現代藝術的靈感，當代音樂家許常惠先生譜寫了《葬花吟》，民間流行歌手也改編過〈葬花詞〉。我們試把原作重讀一次：

花謝花飛飛滿天，紅消香斷有誰憐？
游絲軟繫飄春榭，落絮輕沾撲繡簾。
閨中女兒惜春暮，愁緒滿懷無著處。

手把花鋤出繡簾，忍踏落花來復去。
柳絲榆莢自芳菲，不管桃飄與李飛。
桃李明年能再發，明年閨中知有誰？
三月香巢初壘成，樑間燕子太無情。
明年花發雖可啄，卻不道人去樑空巢已傾。

「花謝花飛飛滿天」一句，重複兩次「花」，重複兩次「飛」。第一個「飛」與第二個「飛」緊緊相連。花瓣紛紛複複，從天上四面八方飄落，越飄越快，繁複迷離的視覺上的美，曹雪芹在〈葬花詞〉一開始就營造了出來。

「葬花」的故事觸碰到了生命本質的悲欣交集。

〈葬花詞〉的第二段從花的凋零，一步一步逼入人的死亡：

一年三百六十日，風刀霜劍嚴相逼。
明媚鮮妍能幾時，一朝飄泊難尋覓。
花開易見落難尋，階前愁殺葬花人。

獨把花鋤偷灑淚，灑上空枝見血痕。
杜鵑無語正黃昏，荷鋤歸去掩重門。
青燈照壁人初睡，冷雨敲窗被未溫。
怪儂底事倍傷神，半為憐春半惱春。
憐春忽至惱忽去，至又無言去不聞。
昨宵庭外悲歌發，知是花魂與鳥魂？
花魂鳥魂總難留，鳥自無言花自羞。
願儂此日生雙翼，隨花飛到天盡頭。

黛玉葬花點出了主題，生命本來存在於一切毀滅變化的元素中，物質性的存在一一消逝，魂魄卻眷戀不去。

黛玉在大荒中飛揚飄去，她是一朵落花，在空無中尋找可以落下、可以埋葬自己的地方。

〈葬花詞〉的尾聲是一般人最熟悉的一段，也最令人動容：

天盡頭，何處有香丘？
未若錦囊收艷骨，一抔淨土掩風流。
質本潔來還潔去，不教污淖陷渠溝。
爾今死去儂收葬，未卜儂身何日喪？
儂今葬花人笑痴，他年葬儂知是誰？
試看春殘花漸落，便是紅顏老死時。
一朝春盡紅顏老，花落人亡兩不知！

假設我們今日在公園或路邊埋葬落花，這個行為或許會引來嘲笑或譏諷吧！惋惜美，惋惜生命，愛戀美，愛戀生命，為什麼會受到嘲笑譏諷呢？

黛玉在最孤獨的時刻，看到自己埋葬花的悲劇，也看到自己如同落花，有一天將被埋葬，但那埋葬自己的又會是誰呢？

黛玉葬花是一首「悼亡」的輓歌，是哀悼花，也是哀悼自己。黛玉十三歲，正值青春年華，但她看到了死亡，看到了自己的死亡，也看到了眾生的死亡，知道生命的結局不外是「花落人亡」。

「黛玉葬花」是《紅樓夢》裡極動人的一段描述。

「黛玉葬花」書寫了許多青少年憂鬱的心事。

很多人以為青少年跳跳蹦蹦，是最無心事的年齡。其實不然，歌德的《少年維特的煩惱》也在敘述青少年的憂鬱心事。剛剛發育的身體，剛剛啟蒙的心智，敏感而優秀靈慧的青少年最愛美，最渴望愛，也最敏感到生命的衰老與死亡，甚至為了成全美，不惜提早嘗試死亡。

林黛玉是憂鬱少年最典型的個性，她堅持的美不可委屈，寧為玉碎。她的葬花，是另一形式的埋葬自己。

黛玉葬花的美學，更接近傳統日本的花季儀式，在短促的春天，歌頌櫻花，惋惜櫻花。花的生命如此燦爛，又如此短暫，美與憂傷混合在一起，使〈葬花詞〉變成少年心事的「安魂曲」。

西方音樂家常在生前為自己譜寫死亡時的安魂曲，安魂曲也常常是一位音樂家最動人的作品。

「黛玉葬花」使千萬人震動，因為那是一首少年的輓歌。我們自己有一部分美麗而憂傷的歲月，已經死去，當我們用不與現實妥協的方式活著時，在內心最深處那未曾

清刻本《紅樓夢散套》「葬花」

完全死去的部分就會甦醒過來。讀著〈葬花詞〉，像讀著自己少年歲月的輓歌。

在大觀園中一個孤獨的角落，黛玉秘密地經營了一個「花塚」，一個花的墓地。那個「花塚」只有寶玉知道。我們每一個人的心靈花園中也有一個「花塚」，也許只有自己知道，也許一生可以與二三知己分享，但是日子久了，或許連自己也忘了有那「花塚」存在，偶然讀到〈葬花詞〉，便重新記起自己埋葬美麗與憂傷心事的墓園。

小時候讀《紅樓夢》，總惦記著有一個「花塚」，好像是少年留在記憶裡不肯死去的青春歲月，雖然枯黃萎敗，也還紀念著青春。

不知道尋找大觀園的人，是否也關心「花塚」的下落？不知道那一個隱密的、孤獨的、卻也無限自負的「花塚」是否還在某處？

林黛玉提早唱出了自己生命的輓歌，因為她堅持潔淨的生命，「質本潔來還潔去」，這個生命值得珍惜，因為乾乾淨淨，不為了活著而妥協，不為了活著而隨波逐流，不為了活著而污穢自己，不為了活著而侮辱自己。

林黛玉絕決地走向死亡，證明自己完美絕對地活過。

寶玉的第一個同性戀伴侶——秦鐘

一般粗淺的閱讀者，常常會在《紅樓夢》中找出許多有關同性戀的描寫，或者因此武斷地以為寶玉是gay。

的確，《紅樓夢》中同性戀愛的例子不少，寶玉和秦鐘是最明顯的一對。第九回〈嗔頑童茗煙鬧書房〉，寶玉把剛認識不久的秦鐘帶進自己的學校，成為同班同學。「秦鐘靦腆溫柔，未語先紅，怯怯羞羞有女兒之風」，他們兩個人親密要好，總是擠在一起，「怨不得同窗人起了嫌疑之念，背地裡你言我語，詬誶謠諑，佈滿書房內外。」一喜好談同性戀的八卦，似乎自古以來都是如此。

這個所謂「書房」，事實上是賈寶玉家族的私人義學。家族中的近親遠親，十歲到十六歲的青少年，都在義學裡讀書，類似今天的私立中學吧。

秦鐘是寶玉姪媳婦秦可卿的弟弟，與寶玉輩分上是叔姪，因為長得漂亮，寶玉就力邀他一起上學，「二人同來同往，同起同坐」。

寶玉十三歲，大概和今天的國中生一樣，覺得學校十分無趣，老師教得無趣，課業內容也無趣，實在打不起勁兒去學校。他藉故休學逃課一段時間，等遇到漂亮的秦鐘，他才覺得上課好玩，因為有了玩伴。

十三歲的寶玉，其實正處在一個性別非常曖昧的年齡，之前他做春夢遺精，夢中性幻想的對象是秦鐘的姐姐秦可卿。醒來之後，他又與身邊的丫頭襲人做愛，他在兩次與女性的性愛經驗之後才遇到秦鐘，秦鐘成為他第一個同性戀的伴侶。

同學中還有薛寶釵的哥哥薛蟠。薛蟠來學校的目的更清楚，他知道「學中廣有青年子弟，偶動了龍陽之興」，「龍陽」也就是找男寵，用今天的網路語言，就是結交Boy Friend。

那麼，薛蟠也是gay嗎？

薛蟠大約十五歲上下，一個國三學生。父親早死，母親溺愛，家裡是皇商，包辦皇室買賣，非常有錢。他在來京城的路上，看上了一個叫「香菱」的女子，硬把香菱未婚夫打死，搶奪了香菱。他不只是同性戀積極，在異性性愛的表現上也很強烈。

薛蟠到了學校不久，結交了不少「契弟」，用今天的話來說，也就是「乾弟弟」。「這學內的小學生，圖了薛蟠的銀錢吃穿，被他哄上手了，也不消多記。」這個當時一定頗負盛名的貴族私立中學，青少年間就如此玩起了或情或愛、或性或慾的各種遊戲。他們的性別其實都沒有確定，同學之間都是男性，但扮演起了不同的性別角色。

薛蟠灑銀子結交性伴侶，包養了兩個小乾弟弟，這兩個漂亮清秀的小學生，「只因生得嫵媚風流，滿學中都送了兩個外號；一個叫『香憐』，一個叫『玉愛』。」十幾歲的青少年，看似不懂事，已經學著大人，在建構他們嫖妓納妾的性愛王國了。

性愛的王國是另一種權力角逐，自然也有你搶我奪、爾虞我詐、爭風吃醋的事。薛蟠被稱為「浮萍心性」，是標準劈腿族，他丟開了原來的BF金榮，包養了年紀更小的香憐、玉愛，玩起了今天所謂的「三P」。被遺棄的金榮當然不爽，只是礙於薛蟠勢力，忍氣吞聲，不敢發作。

沒多久，薛蟠對香憐、玉愛兩個小乾弟弟也厭了，薛蟠大概覺得學校不再新鮮，也就不來上課。香憐得到機會，便和秦鐘要好起來，覺得老師講課太無聊，或者老師剛好請假沒來，自習課時，香憐和秦鐘擠眉弄眼，兩人假裝上廁所小便，就從課堂溜出來幽會。

金榮覺得這是報復的大好機會，即刻尾隨在後，等他二人一有親密舉動，他就揚聲咳嗽，把二人好事搞砸，又在眾人面前添油加醋，八卦一番，他一口咬定說：

「方才明明的撞見他兩個在後院裡親嘴摸屁股，一對兒論長道短！」

這是《紅樓夢》寫青少年性遊戲大膽露骨的一段。十幾歲剛發育的男孩子，比賽似的，偷偷比較性器官長短。三百年前曹雪芹的書寫，和今日網路上的語言其實沒有太大差別。

學校裡的爭風吃醋，變成幫派群毆，年齡最大十六歲的賈薔，和寶玉、秦鐘是一夥。金榮拉上助教賈瑞，形成另一幫人。賈薔聰明，知道寶玉、秦鐘這種嬌生慣養的男孩，別說打架，就是吵嘴也斯文秀氣，講不出什麼髒話粗話。

賈薔靈機一動，就招來了在外面等候寶玉下課、負責護送的書童茗煙。寶玉上學，有一個大僕人李貴，帶著幾名車夫、保鑣隨扈、書童等七、八個傭人，隨侍在外面。光是書童就有四個——掃紅、鋤藥、墨雨、茗煙。茗煙是其中最頑皮粗野的一個。

茗煙一聽自己的少爺寶玉和秦鐘受了欺負，哪裡受得了這氣，立刻衝進教室，一把

民國本《全圖增評金玉緣》「嗔頑童茗煙鬧書房」

揪住金榮，罵道：

「我們肏屁股不肏屁股，管你雞巴相干！橫豎沒肏你爹去罷了！」

三百年前曹雪芹的文學語言，其實是真真實實的民間語言，而這語言的活力至今也沒有在我們的生活裡消失，只是今天的文學，碰到這些字，反而常用ＸＸ略過。

這一場因為同性之間的爭風吃醋引起的學堂大戰，因為僕人的介入更是熱鬧激烈，像一部武打片，曹雪芹寫起少年打群架也活潑貼切：

秦鐘剛轉出身來，聽得腦後颼的一聲，早見一方硯瓦飛來，並不知係何人打來，幸未打著，卻又打在旁人的座上，這座上乃是賈蘭、賈菌。

少年打架，開始通常只是幾個禍首，一旦丟東西牽連無辜，就變成了打群架。學堂裡一時書本、紙片、筆、硯齊飛，寶玉桌上一碗茶也砸得碗碎茶流。金榮抓起一根毛竹大板，茗煙挨了一下，一吆喝「還不動手」，墨雨抓起一根門閂，掃紅、鋤藥手中都是馬鞭子。

曹雪芹描寫了這場群架的壯觀：

> 眾頑童也有幫著打太平拳助樂的，也有膽小藏過一邊的，也有立在桌上拍著手亂笑，喝著聲兒叫打的，登時鼎沸起來。

這一場熱鬧滾滾的群架，要等外面的大僕人李貴知道了，趕進來喝止，雙方才暫時結束。

在西方深受基督教清教徒影響的觀念下，《紅樓夢》第九回這一段常被現代文學評論引用為同性戀的事證。

但是細讀第九回，同性青少年身體剛發育不久，對自己的身體和他人的身體都充滿好奇。同性與異性間的界線，事實上並不清楚，只限制在同性戀範圍探討，或許並不準確。

《紅樓夢》中青少年的性愛，常在一種流動、變換、不定型的狀態。寶玉愛黛玉、寶釵、襲人、金釧，他也愛秦鐘、蔣玉菡，甚至柳湘蓮、北靜王。男性或女性，對他而言，並不是重點。他眷戀美、善良、才情，他眷戀前世與他有緣的生命，他的眷戀，情多過於慾，情深如此，並沒有性別的差異。

秦鐘是寶玉同性間第一位性伴侶，秦鐘同時也愛同學香憐，不多久，他的姊姊秦可卿逝世，出殯住在廟裡，秦鐘晚上無聊，又強壓著小尼姑智能兒性交，秦鐘的情慾不分性別。

薛蟠到處拈花惹草、嫖妓納妾，他又熱戀不是圈內人的俊帥酷哥柳湘蓮，也包養學弟金榮、香憐、玉愛，他的少年情慾也無性別之分。

王熙鳳的丈夫賈璉，二十歲剛出頭的小夥子，極好女色，王熙鳳不能與他同房時，他就姘上廚子鮑二家的女人，但有時偶爾「也拿兩個清俊的小廝出火」，賈璉的性慾世界似乎也可以沒有性別。

梨香院十二名唱戲的女孩子，年齡在九歲到十一歲，藕官唱小生，反串男角，唱久了，假戲真做，她（他）也就愛上了唱小旦的藥官。藥官死了，她又愛上蕊官，也是在戲台上扮演她伴侶的女角。用現代女性同性戀的術語來說，藕官就是「T」，藥官、蕊官則是「婆」。她們是賣到戲班子的女孩兒，彼此的依靠溫暖，或許更甚於情慾。《紅樓夢》中描寫同性情愛，往往比今日現代文學更真實誠懇，也更自由而合於人性。《紅樓夢》總是說：假作真時真亦假。性別角色，或許也只是我們自己執著吧。

寶釵與黛玉

《紅樓夢》中的人物非常多，寶玉身邊的女性也不勝枚舉，秦可卿、妙玉、史湘雲都與寶玉有曖昧情愫，丫環中的金釧、襲人、晴雯，也都與他有深情。但是，在許許多多女性中，寶釵和黛玉顯得特別是寶玉最鍾情的對象。

所有民間通俗的《紅樓夢》戲劇，最後都發展成寶玉、黛玉、寶釵的三角戀愛故事，也使人想起《紅樓夢》情節上極重要的一回，第九十七回〈林黛玉焚稿斷痴情，薛寶釵出閨成大禮〉。

一般學者都認為曹雪芹寫了八十回《紅樓夢》，這本書沒寫完他就死了，後來由高鶚補了後四十回。依照這樣的說法，第九十七回並非曹雪芹原作，而是高鶚手筆。但也有學者認為曹雪芹逝世前已完成大部分綱要，因此，高鶚接續的部分也大多依照原著的大綱進行。

讀《紅樓夢》的人大都發現，後四十回的文采細節的確大不如前八十回，後補的部分大多只有骨架，而失去了文學的血肉。

文學通常並不只是一個故事大綱，而是能傳達出許許多多生活與生命的細節。但是第九十七回的情節，還是深深影響了《紅樓夢》的結局。

失去了通靈寶玉，賈寶玉彷彿失去了魂魄，痴呆憨傻。家人著急，要替他沖喜成親，當時黛玉病重，寶玉又非黛玉不娶；王熙鳳便以計誘騙，把寶釵裝扮成黛玉，由黛玉的丫頭雪雁攙扶成親，寶玉不知有詐，信以為真，便和寶釵結了婚。

一個必須有二選一結局的故事，似乎在前八十回中看不出任何端倪。

對曹雪芹而言，一部偉大的《紅樓夢》，如果是「欠命的，命已還；欠淚的，淚已盡」，「好一似食盡鳥投林，落了片白茫茫大地真乾淨」，他真正要展現的結局，其實不會是一個三角戀愛的終結，而是人世情緣徹底的了結與領悟吧！

讀《紅樓夢》，總覺得寶玉在寶釵、黛玉之間，有許多的欣賞讚歎，彷彿欣賞兩幅完美的藝術作品，如此不同，卻都令人眷戀不捨。少年寶玉珍惜愛慕，卻又很少有佔

清乾隆本《新鐫全部繡像紅樓夢》「薛寶釵」

為己有的非分之想。

寶釵的美是非常現世的，她體格豐腴，夏天常容易出汗；她聰明博學，卻總是留心世務，把人際關係弄得非常好。她承認、也接受一切主流的世俗價值，常勸寶玉要好好讀書、考試、做官、求取功名，也因此使寶玉不悅。

黛玉的美是完全脫離現實的，她彷彿活在自己孤高自負的世界，不屑踏入凡塵一步。《紅樓夢》裡有許多對女性頭飾服裝的描寫，而黛玉幾乎無一筆墨留下具體的形象。她的美，好像一縷魂魄，不沾一點人間的灰塵。

寶玉周旋於寶釵和黛玉之間，兩種完全不同的女性，人生選擇上的兩難，如何選擇，都是遺憾。

寶釵家庭是富有的皇商，家財萬貫，可以說是官商勢力綰結在一起的最大勢力。寶釵充滿做人的心機，是在現實裡一定會成功的人。

黛玉的父母早逝，她是孤女，依靠外祖母生活，個性孤絕憂傷，像走出世俗的隱士，追求著自己的完美，鄙棄俗世的一切價值。

寶釵像儒家的現世圓融，黛玉像道家的出世空靈。

還是用曹雪芹自己的話來說：

都道是金玉良緣，俺只念木石前盟。
空對著，山中高士晶瑩雪；終不忘，世外仙姝寂寞林。
嘆人間，美中不足今方信。
縱然是齊眉舉案，到底意難平。

從這一段唱詞來看，曹雪芹原來的安排，寶玉最後大約的確是與寶釵成親，每日舉案齊眉，但在他的生命中，似乎有一個永遠無法完成的遺憾。

人是帶著許多遺憾活著的嗎？

生命果真是「美中不足」的嗎？

晶瑩雪，是薛寶釵。寂寞林，是林黛玉。

《紅樓夢》寫出一種不可言說的生命遺憾，那遺憾沒有絕對的對錯是非，只是留在心裡，便糾結牽連成永世不盡的纏綿。

一片白茫茫大地真乾淨

《紅樓夢》第一百二十回，賈家抄了家，之後，賈政又復職，寶玉考中了功名，卻失蹤了。

一日，賈政扶著賈母的靈柩南返赴任，走到毘陵驛，船停泊在一個清靜的岸邊，賈政留在船上，正在寫家書，寫到寶玉一段，停了筆。

抬頭忽見船頭上微微的雪影裡面一個人，光著頭，赤著腳，身上披著一領大紅猩猩氈的斗篷，向賈政倒身下拜。賈政尚未認清，急忙出船，欲待扶住問他是誰。那人已拜了四拜，站起來打了個問訊。賈政才要還揖，迎面一看，不是別人，卻是寶玉。

賈政大吃一驚，忙問道：「可是寶玉麼？」那人只不言語，似喜似悲。賈政又問道：「你若是寶玉，如何這樣打扮，跑到這裡來？」寶玉未及回言，只見舡頭上來了兩人，一僧一道，夾住寶玉道：「俗緣已畢，還不快走。」

寶玉在白茫茫的雪地向生身的父親下拜，這肉身要告謝，告罪，告別。

一僧一道把寶玉帶來人間，又把寶玉帶離人間。

他們三人在白茫茫大地上越走越遠，留下一首歌在風中飄蕩：

我所居兮，青埂之峰。

我所游兮，鴻濛太空。

誰與我逝兮，吾誰與從。

渺渺茫茫兮，歸彼大荒。

真正的《紅樓夢》的結局是什麼？

沒有人知道。

賈寶玉常常提到自己的死亡，希望「死亡」是「化灰」「化煙」，在空中飄散。

第三十六回，他跟襲人說：

比如我此時若果有造化，趁你們都在跟前，我就死了；再能夠你們哭我的眼淚，流成大河，把我的屍首漂起來，送到那鴉雀不到的幽僻去處，隨風化了，自此再不托生為人，就是我死的得時了。

寶玉談論的「死亡」也許是《紅樓夢》的另一種結局，化灰化煙，一樣是「一片白茫茫大地真乾淨」。

第四章

紅樓夢裡的珍食異寶

冷香丸

《紅樓夢》好看，有時候不一定是從文學的角度，一般讀者看到第七回，也可能忽然對薛寶釵用的一種藥產生了興趣與好奇，這一味藥叫做「冷香丸」。

寶釵生病，在家靜養，管家周瑞的老婆去看她，問起這個「病」。

寶釵說：從小這病，請多少醫生看，吃了多少藥，都無效。後來多虧一個和尚，專治無名病症，說是她從娘胎裡帶了熱毒，普通藥治不好，就開了一個「海上仙方」，製作了神奇的「冷香丸」。

周瑞的老婆當然好奇，追問這「冷香丸」的做法。寶釵就一一說了這個比《哈利波特》魔法還要詭異刁鑽百倍的藥方。

藥方材料如下：「春天開的白牡丹花蕊十二兩，夏天開的白荷花蕊十二兩，秋天的白芙蓉花蕊十二兩，冬天的白梅花蕊十二兩。」

聽起來並不難，把這一年春夏秋冬四樣花蕊採集全了，要在次年的「春分」這一天晒乾，和在藥末一處，一起研好。

這只是開頭，接著要把這四樣花蕊研成的粉末製作成藥丸。藥粉做成藥丸需要水，所以又要採集一年四個節氣的雨、露、霜、雪。

雨水這一天的雨水十二錢，白露這一天的露水十二錢，霜降這一天的霜十二錢，小雪這一天的雪十二錢。

寶釵的「冷香丸」如此費周章，胎裡帶來的「熱毒」顯然不好根治，作者對寶釵身體中天生的「熱毒」隱喻甚深了。

寶釵是不愛花的，她的母親薛姨媽親口說的：「寶丫頭怪著呢，她從來不愛這些花兒粉兒的。」

那麼，《紅樓夢》的作者是要用四季的花為她治病嗎？而且，這四種花都是白的，白是素，白是不豔。寶釵天生的「熱毒」是不夠素淨的心嗎？她「熱中」的「毒」又是什麼呢？

一個少女不愛花，她究竟「愛」什麼？

製作丸藥的四季之水來自四個節氣的雨、露、霜、雪，或許都不是晴日的明亮炫耀。然而，作者隱而又隱的暗喻，是要寶釵的天生「熱毒」可以經歷一年雨露霜雪的寒涼寂寞嗎？

寶釵究竟「熱中」什麼呢？要讓作者煞費苦心為她開立如此繁難的藥方？

周瑞的老婆聽了這藥方之後，「噯呀」一聲，覺得太奇異了，這不是整人嗎？順利取得花蕊，順利在隔年春分晒乾，再順利一一有了四個節氣的雨、露、霜、雪，這就要耗去三年時間。周瑞老婆說了一句：「倘或雨水這日不下雨，可又怎麼著呢？」

寶釵告訴她，可巧一、二年間花蕊雨水都有了，製作成了龍眼大小的丸藥，放在舊瓷罈裡，埋在花根底下，發病的時候拿出來吃一丸，「用一錢二分黃柏煎湯送下」。

「黃柏」是極苦的一味藥，寶釵的病醫治的方法不只要「花」，要「雨露霜雪」，還要配上「苦」。

作者虛擬了這樣一個藥方，太耐人尋味了。

冷香丸這一味藥方，或許不只是要醫治寶釵的「熱毒」，也是《紅樓夢》作者千思萬想要為世人的「熱毒」開的一張藥方吧。

薛寶釵是四大家族薛家的長女，家族是最富有的「皇商」世家。但是父親早逝，薛

清光緒本《紅樓夢圖詠》「寶釵」

姨媽帶著她和一個不成材的哥哥薛蟠。家族財勢盛大，京城就有好幾間大店鋪，南方有好幾宗買賣在做。老管家還可以依舊例經營撐持，但是，必然要有一個精明幹練的主人統籌監督。這個人不會是薛姨媽，也不可能是花天酒地的薛蟠，家業的管理就落在寶釵這一少女的肩膀上。

是這個原因造就了寶釵的幹練精明嗎？是這個原因使她過早成熟，圓融世故，懂得打點人際關係，懂得為自己也為家族經營攀附，使家族產業不會在父親過世後迅速敗落嗎？

在《紅樓夢》第四回，作者有過小小的暗示：「自薛蟠父親死後，各省中所有的買賣承局、總管、夥計人等，見薛蟠年輕不諳世事，便趁時拐騙起來，京都幾處生意漸亦銷耗。」

寶釵不會看不出來家族生意「漸亦銷耗」的危機，她當然必須熱中一些事來做挽救。

薛寶釵十五歲上下，跟母親哥哥進京，是為了「候選」，也就是等待選入皇室做「妃嬪」、「才人」、「贊善」。這件事後來沒有了下文，是寶釵沒有選中，還是另有原因，書中沒有交代。但是，寶釵極力爭取上進，使寡母守住的偌大家業不致中墜，寶釵的工於心計，寶釵的圓滑，寶釵的步步為營，都有蛛絲馬跡。

寶釵不能依靠寡母，也無法依靠紈褲敗家典型的哥哥，她必須依靠自己，她必須要「熱中」於世俗一切名利現實的把握。她的「步步為營」是不容易看出來的，王熙鳳的厲害全顯露在外，寶釵卻內斂圓融，外面看不出「熱毒」。作者在第七回安排一帖「冷香丸」的奇幻藥方，才點出寶釵內在的「熱毒」病根。

《紅樓夢》的作者不是刻薄的作家，他不會抓到一個人物的弱點就嘲諷貶抑，極盡挖苦；相反的，《紅樓夢》處處悲憫，對最微小卑屈的人物都充滿體諒。《紅樓夢》的作者是為「眾生」寫作，看到眾生的無可奈何，每個人背負著不同的宿命悲劇，各自還債，各自了結。

因此，「冷香丸」若只看作為寶釵一人治「熱毒」的藥方，或許也侷限在「沾沾自喜」的小格局中。「冷香丸」是治眾生「熱毒」的藥，我們自己也都是「眾生」，有自己不容易覺察承認的「熱毒」。淺顯來說，追求名利，追求現世財富權力，都是「熱毒」；深入來說，性慾、食慾、貪佔有，貪滿足，嗔怒抱怨，痴情於愛某人某物不得放手，何嘗不是難治的「熱毒」？

雖然如此繁難，年終歲餘，還真想在來年春分試一試「冷香丸」的製作，自己用，也分享眾生。

茄鯗

「茄鯗」是《紅樓夢》裡常常被談到的一道菜餚。

《紅樓夢》四十回前後，劉姥姥進賈府，賈母帶著她吃喝玩樂，由此帶出豪門貴族生活上食衣住行的種種細節。

許多人羨慕《紅樓夢》裡貴族生活的講究，這些年透過影視宣傳，也有為了商業觀光重建的大觀園，為招來商機重製的「紅樓宴」，打出紅樓食譜料理的招牌，把《紅樓夢》中文字描述的菜餚做出來讓人品嚐。

為了滿足一般人夢想的貴族豪門生活，試圖複製《紅樓夢》的食衣住行，這當然是一種商機。但是好的文學藝術，很難複製。文學複製，若沒有品味，還是不接觸的好，一接觸，也常都嚇一大跳。

講究的生活物件，本來就已不容易複製，講究的品味，就更難複製。美是一種活潑的生命現象，一複製，常常就失了魂魄，徒具一個軀殼。文學的描述裡留著一個想像空間，一旦落實具體，連想像的餘地也沒有，更讓人氣噎。

我吃過的「紅樓宴」大多如此，但「茄鯗」倒是試著做過。不那麼拘泥書裡描述的繁複手續，把握住精神，這一道菜是可以嘗試做做看的，也大抵不會太離譜。

一般「紅樓宴」的錯誤，常常在於把小說裡的「小菜」當「大菜」來做。當然，掛上了「紅樓宴」的招牌，價格一定昂貴，要吸引有錢人來吃，「小菜」賺不了錢，一定往「大宴會菜」發展。「小菜」的精細講究、淺嚐輒止的品味沒有了，自然失去了原有的精神。

「茄鯗」顯然也是一道小菜。書中透過王熙鳳的敘述，對「茄鯗」的做法有一道一道手續的細節，等於是留下了完整食譜的一道料理。

劉姥姥吃了一口「茄鯗」，吃不出是什麼，王熙鳳告訴她是「茄子」。劉姥姥不相信，她說：「別哄我了，茄子跑出這個味兒了！」

王熙鳳就仔細告訴她「茄鯗」的做法：把新摘的茄子刨了外頭的皮，把裡頭的淨肉切成丁。茄子丁先用雞油炸過，再加上雞脯肉、香菌、新筍、蘑菇、五香豆腐干，都切成丁，用雞湯煨乾，再用香油一收，再加糟油一拌，放在瓷罈子裡，封嚴了。要吃的時候，取出來用雞瓜子一拌就好了。

這就是「茄鯗」的做法，刀工、火工、調油的方法都有了。茄子像是主體，其實是利用茄子來吸收雞脯、香菌、新筍、豆腐干的香，用雞湯煨乾。

現代慣吃速食的人不太懂「煨」這個字。「煨」是用小火慢慢把湯汁收乾，小火煨，湯汁的味道才能一點一點被吸收。簡單的茄子丁，吸收了全部雞湯的精華，加上香菌、新筍、豆干的香，才是「茄鯗」好吃的原因。

這一道菜做好以後，要封在瓷罈子裡，吃的時候拿出來一點，拌雞瓜子。這顯然就是小菜的做法，用來下飯配粥也都適合。

我見識過比「茄鯗」更複雜的富貴人家的菜餚，用各種昂貴鮮品、山珍海味去煨老豆腐。要小火燉一天一夜，雞肉干貝等配料都不吃，單單取出煨滿雞汁的老豆腐，把老豆腐外皮削去，就吃裡頭都是小孔的豆腐心兒。

富貴人家常被誤會每天魚翅、鮑魚、燕窩。事實上，真正大富貴人家，大抵不會如粗俗暴發戶，吃穿講究品味，也就花不少心思調理細節。

「茄鯗」手續好像複雜，其實也還好。童年時看家家戶戶都會釀製醃漬一點小菜，

清刻本《紅樓夢散套》「虁誕」

封在瓷罈子裡，肉醬、豆腐乳、花瓜、蔭冬瓜，或者自己製作XO醬，每家配料也都不同，有些多干貝，有些多鮮椒，有些用大火爆，有些用小火煸。「爆」與「煸」的香氣口感也都不同。

料理文化沒落了，還是因為沒有了時間。我懷念乾煸四季豆，小時候看母親站在鍋邊，慢慢用小火把新鮮的豆子「煸」到乾焦透香，肉末和蒜末也都在「煸」的火工裡焦黃香脆。「煸」是火工，更主要是時間和耐心。

劉姥姥原是生活在飢餓邊緣的人，人在飢餓中，只能求吃飽。「吃」是口腔的乞求，自然還距離「品味」很遠。賈府品味複雜的「茄鯗」，讓她經驗到完全不同的味覺，但是她的味覺系統一時可能無法適應如此繁複的品味吧。

不只「茄鯗」是小菜，賈府主人吃來吃去，常是一些量不大的點心小菜。《紅樓夢》四十一回裡，吃了「茄鯗」，喝了酒，聽了戲，丫頭們又上點心。點心有四樣：蒸桂花糖糕、松穰鵝油捲、油炸螃蟹餡的小餃子，以及奶油炸的小麵果子。

賈母嫌油膩，只揀了一個松穰捲子，也只嚐了一口，剩下半個都給丫頭吃了。

小吃、點心成為富貴人家主要的食物，《紅樓夢》裡多如此描述。這些小菜被誤認成大盤大盤的國宴料理，擺起排場，反而誤解了賈府精細講究的飲食品味。

「紅樓宴」除了「茄鮝」，常被提到的還有六十二回的「胭脂鵝脯」。這一道菜很多人試做，有人加紅麴粉，有人依據明代食譜用杏花瓣染紅，也有人推測可能是酒糟醃漬。無論如何，柳嫂主廚燒給芳官吃的「胭脂鵝脯」一定也是小菜，醃漬成胭脂色的鵝脯，大概兩三片，用來配「綠畦香稻梗米飯」。

我吃過一次「紅樓宴」，搬出一整隻染得紅通通的大鵝，也不配飯，很像撞進假大觀園裡的假瀟湘館，看見兩腮屁紅的假林黛玉蠟像，一點胃口也沒有了。

軟煙羅

賈母在《紅樓夢》第四十回帶著劉姥姥逛大觀園，這一天她特別高興，劉姥姥滑稽有趣，能逗人笑，賈母也很少有機會如此遊大觀園，孫兒孫女住的每一處——藕香榭、沁芳亭、瀟湘館、紫菱洲、蘅蕪院，連妙玉修行的櫳翠庵，她一一都走到了。這一天，像是遊玩，卻也透露了一個曾經管過家、精明幹練的老夫人過人的見識經歷。

賈母細心觀察大觀園的每一處，例如，一夥人進了黛玉住的瀟湘館，賈母立刻發現瀟湘館的窗紗舊了。她說：「這個紗新糊上好看，過了後兒就不翠了。」

賈母當然也有她美學配色的品味，她看一看瀟湘館四圍種的都是竹子，沒有桃花杏花的紅對比，綠竹子配綠窗紗，當然不顯。

賈母說完，雖然沒有針對任何人做批評，但是負責管家的王熙鳳立刻要有反省了。

賈母當然不是直接責備，但是一個負責管家的人，對色彩沒有感覺，紗窗舊了也不換新，賈母的話王熙鳳聽了是一定覺得刺耳的。

王熙鳳「忙」道：「昨兒我開庫房，看見大板箱裡還有好幾疋銀紅蟬翼紗……」王熙鳳急忙辯解，表示自己一直在關心家務，已經注意到要換新的窗紗，而且是銀紅的，正好配瀟湘館的翠竹。

賈母聽了王熙鳳回答，一下子抓到她的錯誤。老太太「呸」了一聲，嘲笑人人都誇讚的王熙鳳，自以為「什麼沒經過」，「什麼沒見過」，連那樣珍貴的織品「軟煙羅」都誤認為是「蟬翼紗」。

王熙鳳的姑媽在一旁為她緩頰，說她如何經過、見過，怎麼比得上賈母見識。薛姨媽說：「老太太何不教導了她，連我們也聽聽。」

賈母在四十回前後有很多回憶，回憶家族過去創業興旺時的繁華，也隱隱透露她暮年的感傷。她說：「那個紗，比你們的年紀還大呢！」

那是賈母年輕管家時家族收藏的珍貴織品吧，放在大板箱裡匆匆數十年，捨不得用。賈母七十歲了，忽然想起那些紗的故事。「不知道的，都認作蟬翼紗。正經名字叫作『軟煙羅』。」

她說：「那個軟煙羅只有四樣顏色：一樣雨過天青，一樣秋香色，一樣松綠的，一樣就是銀紅的。」

賈母像是說著自己一生繁華如錦繡匆匆流逝的青春歲月，她的記憶如此清晰，回憶著「軟煙羅」做的帳子，回憶著「軟煙羅」糊成的窗屜。她說：「遠遠的看著，就似煙霧一樣。」

王熙鳳敘述了大板箱裡的「軟煙羅」有各式折枝花樣，有流雲蝙蝠花樣，也有百蝶穿花花樣。看來這些特別用來做帳子、糊窗紗的珍貴織品，上面還有一色剔花的透織圖紋花樣。做了帳子窗紗，映著光，流雲蝙蝠、百蝶穿花，同色透光的圖案花樣才顯現出來，像定窯瓷器上單一色系的劃花，或清代挖雲剔花的龍紋盌，雕花圖案，不映著光，是看不出來的。

這一類工藝很像現代人說的「低調的奢華」，看起來素樸雅致，細密的手工全隱藏在底紋中，一點也不炫耀。

賈母的回憶正是中國絲織品還傲視全世界的時代，江南織造出品的絲綢綾羅錦緞，是全世界最搶手的珍品，那樣的養蠶業，那樣的搡絲手工，那樣的編織剔花蕾絲技術，那樣精緻細膩的染色品味，雨過天青，秋香，松綠，銀紅……

賈母陷在自己感傷的回憶中，她補充一句：「那銀紅的又叫作『霞影紗』。」

傍晚彩霞的紅，入夜前最揮霍燦爛的紅，像一抹晚霞的影子，如此光輝，卻在霎時間消逝到無影無蹤了。

「軟煙羅」、「霞影紗」都像是文學裡杜撰豪門貴族的古老故事，卻是一個文明盛世真實的產業記憶。今天迷戀於西方名牌的富豪，或許無法理解人類真正織品上的名牌是「軟煙羅」，是「霞影紗」。早在香奈兒、愛馬仕、LV還沒有創造他們的品牌之前，《紅樓夢》的「軟煙羅」、「霞影紗」已經是頂級的名牌了，是紡織產業的名牌，也是文化品味美學上的名牌。

賈母說著庫房大板箱裡存放擱置了半世紀的「軟煙羅」，說著自己從青春到衰老的一生的記憶，也說著家族繁華興旺到逐漸要衰頹沒落的感傷故事，像飄忽在風中若有若無的一抹霞影。

賈母感慨了，她說：「如今上用的府紗，也沒有這樣軟厚輕密的了。」

文明的衰頹是從產業的粗糙墮落開始的，賈母的慨嘆，暗示了連「上用」權力核心的產業也已經沒有了細緻的美感品味。

王熙鳳是得力的管理人，賈母感懷往事的時候，她已命人從庫房裡拿了一疋「軟煙羅」來。

賈母說這種「軟煙羅」原來只用來糊窗紗，織品細密，因此可以擋蚊蟲，同時又可以透光，可以通風。後來又發現「軟煙羅」做帳子，做被子，也都很好。

賈母的感傷回憶，賈母勤儉持家半世紀的記憶，忽然因為庫房裡存放數十年的「軟烟羅」，好像有了新的領悟。

她命令鳳姐把存放數十年捨不得用的「軟煙羅」都找出來，除了給黛玉瀟湘館糊新的窗紗，她自己也挑了一疋雨過天青顏色的做帳子。賈母又命令王熙鳳，如果還有多餘的，就給劉姥姥兩疋，或襯了裡子給丫頭做坎肩穿。賈母若有所思，說了一句：「白收著霉壞了。」

青年時對物質珍惜儉省，賈母忽然覺得，存放數十年捨不得用的「軟煙羅」，如果在庫房霉爛了，才真是可惜吧。

連鄉下貧賤老太婆劉姥姥也得到兩疋「軟煙羅」。賈母惋惜的，或許並不是「軟煙羅」本身，而是一個文明產業的敗壞吧。

中國如果要有文明盛世，大概應該重新做出「軟煙羅」這樣的織品。

洋貨

三百年前的《紅樓夢》，被認為是古典名著，加上「古典」二字，總讓人覺得裡面的人物都是古人，他們的食、衣、住、行、日常用品，自然也都古老典雅，如同商業導向的《紅樓夢》電影或電視連續劇裡看到的樣子，總是擺滿商鼎宋瓷，一味懷古，與我們今日的現代生活內容似乎差異很大。

《紅樓夢》的時代背景是在十八世紀初的清代，距離今天不到三百年，當時西方人不少已經到了亞洲。比《紅樓夢》的時代更早，明朝後期，荷蘭人已經統治了台灣。許多義大利、葡萄牙、西班牙、法蘭西的傳教士，也都在中國活動。澳門已經建造了聖保羅大教堂，做為北上傳教士學習中國語言禮儀的第一站。明代時，利瑪竇和徐光啟合作翻譯了古希臘歐基里德的《幾何原理》。

到了清代開國，康熙皇帝更是愛慕西方科學。他的天文學、曆法、算學、機械學方面的宮廷顧問，不少是歐洲學者。《紅樓夢》的作者曹雪芹的祖父曹寅，曾經是康熙少年時的「伴讀」，私交甚好。康熙數次南巡，都駐蹕在曹家，康熙對洋物的興趣，不會不影響到曹家。因此，《紅樓夢》的貴族生活，其實充滿了當時西方來的洋貨。

歐洲經由遠洋船舶運送來到中國的器物，即是我們所謂的「舶來品」，或稱為「洋貨」，其中包括機械產品的鐘錶，紡織名牌的衣飾，大型玻璃穿衣鏡，光學技術產品的眼鏡，乃至於鼻煙、藥品，在《紅樓夢》的生活中都處處可見。

OI 鐘錶

《紅樓夢》裡數次提到鐘錶，生活起居都以西洋機械產品的鐘錶來計時。

第六回〈劉姥姥一進榮國府〉，就用劉姥姥這個鄉下農村來的窮老太婆，來突顯賈家的洋派與現代時髦的擺設。

左：故宮藏清初西洋自鳴座鐘　右：故宮藏清初西洋懷錶

劉姥姥坐在炕沿上，等待拜見當家少奶奶王熙鳳。她第一次走進富貴人家，手足無措，覺得什麼物件都新鮮有趣，東張西望。下面一段描寫她忽然聽到一種奇怪聲音：

> 只聽見咯噹咯噹的響聲，很似打鑼篩麵的一般，不免東瞧西望的。忽見堂屋中柱子上掛著一個匣子（木箱），底下又墜著一個秤砣似的，卻不住的亂晃。劉姥姥心中想著：「這是什麼東西？有啥用處呢？」

顯然，鄉下農村來的劉姥姥，沒有看過富貴人家用的西洋掛鐘。

人類最初多以日光的移動來計算時間，也就是「日晷」。在一個經過角度計算的圓規上刻好刻度，中央立一根指針，指針的影子移到哪個刻度，就可以讀出時間。

人類也發展出用水漏、沙漏的方法計算時間，但都不夠準確。時間與曆法有關，月球繞行地球，地球繞行太陽的週期，形成年、月、日、時的劃分，必須掌握天文知識，才有準確計算時間的單位。

學者考證，西元一〇九二年，北宋的蘇頌就發明了水動機械天文鐘；一三三五年，義大利人把機械用在教堂的自鳴鐘上，但是體積都太大，不是一般人生活裡可以用的鐘。到了一六五六年，荷蘭人惠更斯發明了重錘鐘擺，才有了家用的時鐘。

劉姥姥看到的「秤砣」，也就是「鐘擺」。

「鐘擺」就是劉姥姥看得發呆的東西，「聽得『噹』的一聲，又若金鐘銅磬一般」，這個鐘把劉姥姥嚇一大跳；「接著一連又是八九下」，這是時鐘報時，接著「小丫頭們一齊亂跑，說：『奶奶下來了！』」

這是《紅樓夢》裡第一次寫到西洋時鐘，也暗示著賈府依時鐘報時起居行事的規矩，小丫頭忙亂起來準備，因為負責管家的少奶奶王熙鳳準時到了。

歐洲重錘及發條驅動的時鐘在乾隆年間（一七三六～一七九六）已由宮廷製造，洋貨技術轉為本土生產，但是《紅樓夢》描寫的時間稍早一些，賈府時鐘大概是真正的舶來品。

《紅樓夢》第十四回，因為秦可卿去世，寧國府辦喪事忙不過來，特別請王熙鳳協理。王熙鳳第一天上班做主管，她交代下屬的事就與「準時」有關，她說：「素日跟我的人，隨身俱有鐘錶，不論大小事，都有一定的時刻。橫豎你們上房裡也有時辰鐘。」

王熙鳳這個才二十歲不到的少奶奶，管理榮國府、寧國府上上下下三、四百人，不下今天一個企業的規模，可以有條有理，時間的規劃是主要的基礎。王熙鳳身邊負責管理的幹部，隨身都配戴鐘錶。

「鐘」較大，攜帶不便，荷蘭的惠更斯在一六七〇年代把發條改為遊絲調控，縮小鐘的體積，改為便於攜帶的「錶」。

第十四回中，王熙鳳「鐘」「錶」並稱，說明賈府不只有掛鐘，也已經有了隨身攜帶的「錶」。只是當時的錶，並不戴在手腕上，而是掛在襟前的懷錶。

有關「鐘」和「錶」的描寫，第五十八回也有一段：

襲人笑道：「方才胡吵了一陣，也沒留心聽聽，幾下鐘了？」晴雯道：「這勞什子又不知怎麼了，又得去收拾！」說著，拿過錶來瞧了一瞧。

鐘的墜子因為被淘氣的芳官玩壞了，鐘不響，晴雯就拿錶來看。寶玉房裡的丫頭也是「鐘」「錶」並用的。

02 洋煙壺上的裸女與洋藥依弗哪

《紅樓夢》第五十二回，寶玉的丫頭晴雯受了寒，「發燒頭疼，鼻塞聲重」。請了漢醫看了，吃了湯藥，退了燒，卻還是頭疼。

寶玉就想到西洋鼻煙，讓晴雯嗅聞幾下，痛打幾個噴嚏，或許就通了。

鼻煙挑一點，從鼻孔吸入，刺激鼻腔，辛烈之氣，直衝腦門，有點像吃芥末，會痛打幾個噴嚏，也因此達到提神醒腦、通鼻爽神的效果。

左：故宮藏清初美女圖樣鼻煙壺　右：清代民間繡樣「晴雯夜補雀金裘」

裝鼻煙的鼻煙壺因此是清代上層階級的隨身小配件之一，似乎比今日紳士的香菸盒、雪茄盒、煙斗，更代表特殊的身分和品味。

一般人常在古董店或博物館看到清代的鼻煙壺，有玉石、水晶、玻璃、琺瑯，各種材質，或畫或雕，製作精美，是精緻的藝術品。

寶玉是十三歲的男孩，身上也帶鼻煙壺，平日並不常看到他嗅聞鼻煙，因為晴雯頭痛鼻塞，他才想到鼻煙可能有用。

寶玉的鼻煙壺是舶來品，是道道地地的洋貨。我們看下面一段描述：

麝月果真去取了一個金鑲雙扣金星玻璃的小扁盒兒來，遞給寶玉。寶玉便揭開盒蓋，裡面有西洋琺瑯的黃髮赤身女子，兩肋又有肉翅，裡面盛著些真正上等的洋煙。晴雯只顧看畫兒，寶玉道：「嗅些，走了氣就不好了。」

這個鼻煙壺上的畫，似乎是畫在盒蓋裡的，晴雯平常也沒看過，因此看得發呆。「西洋琺瑯黃髮赤身女子」，是金髮美女裸體畫，「兩肋有肉翅」，似乎是女神或天使。寶玉的這個鼻煙壺，並不是漢玉宋瓷，而是道道地地的歐洲洋貨，裡面裝的也是進口的「上等洋煙」。

晴雯吸了西洋鼻煙，「一股酸辣透入囟門，接連打了五六個噴嚏，眼淚鼻涕登時齊流」。晴雯因此鼻塞通快了許多，只是頭還是疼。寶玉就建議：「越發盡用西洋藥治一治，只怕就好了。」

寶玉說的「西洋藥」是「依弗哪」，原文是什麼已不可考，聽起來像法文。「依弗哪」是治頭疼的外用藥膏，攤在指頭大的紅緞子上，貼在太陽穴兩邊。書中說王熙鳳兩鬢常年習慣貼這種藥，賈府是普遍在用西洋進口藥品的。

03 俄羅斯國的雀金裘

《紅樓夢》第五十二回，寶玉要出門作客，賈母擔心下雪，寶玉冷著了，就把一件孔雀毛的氅衣給他穿。賈母向寶玉解釋：「這叫作『雀金呢』，這是俄羅斯國拿孔雀毛拈了線織的。」

這件進口的名牌大衣「金翠輝煌，碧彩閃爍」。可是寶玉第一次穿，不小心，火星迸上，燒了一個洞。寶玉怕賈母知道了會不高興，連夜想找人去補，但是外國進口的名貴織品，手法奇特，連最能幹的裁縫繡匠和女工都沒見過，不敢接手織補。最後還是寶玉房中的大丫環晴雯忍著病痛，精心織補了一夜。雖然不完全像，但可以矇混過關了。晴雯自己不滿意，寶玉卻說：「這就很好，哪裡又找俄羅斯國的裁縫去。」

《紅樓夢》的作者曹雪芹家族，好幾代擔任清朝的江寧織造、蘇州織造，是中國當時最大的國營企業，掌握江南最富有的紡織業，也是全世界當時的絲織產業中心。《紅樓夢》書中對織品的描寫，是十八世紀中國紡織史的珍貴資料，而其中夾帶著俄羅斯進口織品「雀金裘」，也可以瞭解當時貴族生活中洋貨的普遍。

04 西洋自行船

《紅樓夢》第五十七回，寶玉被黛玉的丫頭紫鵑試探，誆騙寶玉，故意說：黛玉要回蘇州去。

寶玉因此發了瘋，發病的時候，指著他房間十錦隔子上的一艘「金西洋自行船」，大叫：「那不是接他們來的船來了！」

十錦隔子是房屋裡一種鏤空的隔間，用木材製成不同形狀的空格，可以置放小擺飾。一般人總覺得寶玉這樣一位富貴公子，十錦隔子上放的一定是中國古董，不是瓷瓶，就是銅鼎，就像《紅樓夢》影片的美工，琳琅滿目，都是古玩。

但是五十七回這一段說明，寶玉的房間陳設裡有一艘金屬製作的西洋自行船，寶玉顯然連玩具也是進口的洋貨。

05 寶玉房裡的洋畫與穿衣鏡

《紅樓夢》裡的建築，在一般人的腦海裡，大概都是亭台樓閣，古色古香的形式。作者描寫的不多，也無從判斷。但是以清代初期修建圓明園為例，清代皇室對當時歐洲的巴洛克宮殿建築和花園噴水池裝置，其實已經學得很透徹。

曹雪芹家族與康熙的關係密切，且好幾代住在揚州、蘇州一帶，控制江南的紡織產業。這樣的家族，與當時外來西洋文化的接觸，可能比我們想像中更要頻繁。

大觀園裡的怡紅院，是寶玉的住處，作者在第四十一回裡藉著劉姥姥喝醉了酒，誤打誤撞，闖進寶玉的臥房，讀者才有機會一窺這個精心設計的空間。

劉姥姥是從怡紅院的後門闖進去的，順著竹籬編的花障，進了月洞門，看到一帶水池，池岸邊鋪有七、八尺寬的石板，池上有石板橋。劉姥姥渡過橋去，順著石子路轉了兩個彎，看到有房門，就走了進去。

一進門，劉姥姥第一個看到的是「一個女孩兒」。劉姥姥因為迷了路，很高興遇到了人，立刻和女孩兒說起話來。誰知那女孩兒不回答，劉姥姥就伸手去拉她，忽聽

「咕咚」一聲，撞到板壁上去了。她仔細瞧看，才發現是一幅畫，劉姥姥也詫異：「原來畫兒有這樣凸出來的？」她還用手去摸，確是平的。

熟悉西洋繪畫的人一定聽過「透視法」，利用光影和比例，在二次元的畫布平面上做出三次元的遠近空間，造成視覺的錯覺，房子彷彿可以走進去，人像也有凹凸，栩栩如生。

劉姥姥看到的正是一幅西洋畫，寶玉房間裝潢的洋化可見一斑。

劉姥姥繼續進入寶玉的客廳，看到地下是碧綠鑿花的磚，四面牆壁都是鏤空，玲瓏剔透，鑲著琴劍瓶爐。

劉姥姥把眼看花了，轉過一架一架書，一道一道屏風，屏風後一扇門，忽然看到和自己一樣的一個老太婆。劉姥姥和老太婆說了半天話，老太婆也沒有反應，劉姥姥伸手一摸，才領悟過來，聽說富貴人家有種穿衣鏡，「這別是我在鏡子裡頭吧？」

劉姥姥猜得不錯，她摸的正是寶玉客廳通臥房的一扇門，門上鑲嵌一片與人等身大的穿衣鏡。這種背後鍍水銀的鏡子也是歐洲的舶來品，十七世紀前後巴洛克宮殿喜好用鏡子裝飾大廳，凡爾賽宮的鏡廳即是有名的例子。寶玉的室內裝潢也用到了十分洋派的設計。

民國本《增評加注全圖紅樓夢》「劉姥姥醉臥怡紅院」

06 會做漢詩的西洋美人

薛寶琴是寶釵的堂妹，薛家是負責替宮廷採買貨品的皇商，買賣生意做得很大，寶琴從小就跟著父親四處遊歷。《紅樓夢》第五十二回，她說：

我八歲的時節，跟我父親到西海沿子上買洋貨，誰知有個真真國的女孩子，才十五歲，那臉面就和那西洋畫上的美人一樣，也披著黃頭髮，打著聯垂（髮辮），滿頭戴著都是珊瑚、貓兒眼、祖母綠這些寶石；身上穿著金絲織的鎖子甲，洋錦襖袖；帶著倭刀，也是鑲金嵌寶的。

「真真國」大概是作者杜撰的地名，但是《紅樓夢》書中提到許多洋貨，各種西洋進口的鐘錶、藥品、鼻煙、器械，說明清代初期與外洋的貿易應該不少。作者曹雪芹家族掌控江南紡織產業，與外洋的買賣貿易關係可能更密切。

更難得的是，薛寶琴遇到的這位西洋美女「通中國的詩書，會講『五經』，能作

左：《皇清職貢圖卷》所見的英吉利國女子　右：民國初年煙標所見「薛寶琴」

詩填詞」，用今日的角度來看，是一位「漢學家」。寶琴的父親央求她用書法寫下她自己作的詩：

「昨夜朱樓夢，今宵水國吟。島雲蒸大海，嵐氣接叢林。月本無今古，情緣自淺深。漢南春歷歷，焉得不關心？」

寶琴把這首詩唸給黛玉、寶玉等人聽。大家聽了，都說：「難為她，竟比我們中國人還強！」

07 賈寶玉喝法國紅酒

《紅樓夢》第六十回，寶玉房裡的芳

官，拿了一個五吋高的小玻璃瓶子，裡面裝著「玫瑰露」，給廚房的柳家五兒。柳家母女沒看過「玫瑰露」，迎著日光照看，裡面有半瓶胭脂顏色的液體，「還當是寶玉吃的西洋葡萄酒」。

這一段記錄，透露出寶玉是喝「西洋葡萄酒」的。三百年前，這紅葡萄酒不知是來自法國，或來自義大利。寶玉當時只有十四歲，清代好像也不禁止少年飲酒。當然，那時進口的歐洲酒一定不多，不是賈府這樣的富貴人家，一般人是不會認得的。

第五章

雲門的紅樓夢

序曲

雲門——紅樓

舞台上的兩個寶玉，
一個寶玉穿著新綠色的小褲子，幾乎全身赤裸。
另一個寶玉身上披著艷紅色的薄紗，
光頭，像一名年輕出家的僧侶。
一個在經歷人間繁華，
另一個走向渾沌大荒。

舞者：吳義芳、楊美蓉　攝影：謝安

雲門舞集的《紅樓夢》試圖保持和原作之間若即若離的關係。舞台上的兩個賈寶玉只是觀眾的聯想。在雲門的節目單上，並沒有「賈寶玉」三個字，而是用「園子裡的年輕人」和「出了園子的年輕人」。

自從《紅樓夢》這本書出版，很早就被改編成戲劇，《紅樓夢》中的主要人物，寶玉、黛玉、寶釵，乃至於十二金釵中最主要的女性，都一一成為繪畫或戲劇舞台上的角色。到了清末民初以後，荀慧生編京劇《紅樓二尤》，連次要角色尤二姐、尤三姐都在舞台上被具象地塑造了出來。

近代的電影、電視劇，甚至消費性的娛樂廣告，也都大量塑造《紅樓夢》的人物，使一部文學作品裡的人物形象化地存在世俗大眾的印象中。

太過通俗消費性的造型，雖然看似推廣了《紅樓夢》的知名度，卻對真正文學的閱讀有害無益，使一般沒有閱讀原作的大眾只停留在低估原作的消費層次。

雲門舞集的《紅樓夢》試圖擺脫太過形象化的模擬，卻希望能真正鍥入《紅樓夢》原作的美學精神，清除文學名作被消費文化污染的泛濫表象，還原《紅樓夢》的心靈本質。

因此，寶玉不再是清代被庸俗化的富貴公子，而是可能活在今天的赤裸裸的美麗少年。

一開始舞台上有一名高大長髮的女子，她的長裙長長地拖在後面，就像蛇的尾巴。她是女媧嗎？編舞者沒有明說。但這個造型使人想到《紅樓夢》第一回的「女媧」。

女媧在舞台上攀爬蠕動，慢慢從她長長的裙裾後面鑽出了一個全身近於赤裸的男子，大家會即刻想到：那是賈寶玉。

賈寶玉以赤裸裸的美麗男體在舞台上出現，可能使誤讀了《紅樓夢》的老學究們大吃一驚，但也可能真正恢復了賈寶玉的本來面目，使賈寶玉第一次以如美玉一般的青春男體出現。

舞台上的兩個寶玉，一個寶玉穿著新綠色的小褲子，幾乎全身赤裸。另一個寶玉身上披著艷紅色的薄紗，光頭，像一名年輕出家的僧侶。一個在經歷人間繁華，另一個走向渾沌大荒。

《紅樓夢》是從神話開始的。女媧是神話。一僧一道也是神話。寶玉由頑石幻化。當然也是神話。寶玉是真。寶玉是假。作者說。「假作真時真亦假」。那塊頑石貪戀了人間繁華富貴。他到人間經歷了生死愛恨。要一一認識前世有緣的許多女子。那眾多女子。也只是一場夢中幻相。

舞者：（左起）汪志浩、曹桂興、葉台竹、吳義芳、黃旭徽
攝影：謝安

春

雲門——紅樓

春像一個序曲，
十二金釵舞動彩色繽紛的絲繡披風，
如盛放的百花在春風中搖曳，
園子裡的年輕人
赤裸的肉體在百花間穿梭遊走。

舞者：（左起）張秀萍、吳義芳、李靜君　攝影：謝安雲門舞集的《紅樓夢》，把一部巨大的文學名著用春、夏、秋、冬四季劃分，像一首交響曲的結構。舞台佈景也由著名的旅美舞台設計家李名覺，以六幅寬大的雪紡紗拉成巨大的空闊背景。六片布幕，兩片白色，兩片綠色，兩片紅色，交錯重疊，組織成春的生意盎然，夏的熱鬧慾望，秋的蕭索變化，以及冬的歸於寂滅空無，一片白茫茫的荒涼。

舞台上十二位女性，披著長長的錦繡披肩斗篷，長到蓋滿足踝，長到拖在地上，披風上滿滿都是手工繡花。每一件披風上繡著不同的花，白衣上繡的是芙蓉，紅衣上繡的是牡丹，綠衣上繡的是荷花，藍衣上繡的是紅梅花……

雲門舞集把《紅樓夢》的十二金釵，用十二種顏色來界分，稱為「白衣女子」、「紅衣女子」、「紫衣女子」、「黃衣女子」、「綠衣女子」……

十二名女子，是十二朵花，十二種顏色，在舞台上嬝嬝娜娜，周旋環繞在赤裸裸的「寶玉」四周，翩翩起舞。

讀過《紅樓夢》的人，都想尋找自己閱讀過的小說裡的人物。誰是黛玉？好像是「白衣女子」。誰是寶釵？好像是「紅衣女子」。

觀眾在華麗燦爛的十二件舞動起來如百花爭艷使人眼花撩亂的披風中，尋找自己可能認得出來的角色。

但是，雲門的《紅樓夢》和曹雪芹的《紅樓夢》一樣，最終是個猜不透的「謎」。

春像一個序曲，十二金釵舞動彩色繽紛的絲繡披風，如盛放的百花在春風中搖曳，園子裡的年輕人赤裸的肉體在百花間穿梭遊走，他像迷戀百花的蜂蝶，他像在尋找愛戀的對象。美麗的女子使他目迷，他定一定神，可以看見白衣女子，在許多干擾打斷裡，那似乎是前世有過盟約的女子，但他猶豫著，他無法確定什麼是愛，他甚至要故意背叛，故意離開，故意折磨，故意冷落，只為了證明心中那麼真實強烈、無法擺脫的「愛」。

他在漫天飛舞的花瓣裡徬徨尋找，每一片花瓣都像是自己的前生，他想去承接，卻接不住。花瓣飛揚飄散，無邊無際，他回頭，看到白衣女子那麼遙遠，而另一名紅衣女子忽然靠近。他凝視著，白色、紅色，一個那麼空靈，一個那麼艷麗，他左看右看，發現花瓣都已落盡，一整個春天的花全部告別飛揚離去了。

雲門的舞台上千千萬萬花瓣飄落的意象，呼應著原著的美學精神，使人嚮往、讚歎，也使人惋惜、感傷。

嬝娜蹁躚。十二金釵。披著華麗的斗篷披風。簇擁著寶玉姍姍走來。他們有前世的緣分未了。要在此生一一償還。《紅樓夢》十二金釵。每一名女子是一種花。她們用不同的方式完成自己。

舞者：（左起）周偉萍、周章佞、董述帆、張玉環、呂芷芬、張秀萍、吳義芳、李靜君、王薔媚、陳雪梅、溫璟靜、楊儀君、許慧玲
攝影：謝安

春天。所有的花都從枝頭上綻放。紅的。白的。黃的。紫的。她們旋轉飛舞。把色彩與芳香帶給人間。她們急著在凋零前把自己的故事說完。她們知道。春天那麼短暫。

舞者：（左起）周章佞、溫璟靜、董述帆
攝影：劉振祥

四月二十六日是「芒種節」。春天要結束了。花神退位。所有的少女編結綵帶禮物。祭餞花神。向春天告別。也似乎是向自己的青春告別。

舞者：張慈妤　攝影：游輝弘

——

（下頁）

夢裡有一次繁華。但記不起來在哪裡。記不起來是何年何月。沒有人找到真正大觀園的所在。沒有人考證出曹雪芹的真實生辰忌日。他來看了一次繁華。就走了。每一次花季他也都會重來。在漫天落花裡低頭沉思默默不語。或許。所有的繁華都只是幻相。但幻相如此美麗。使人眷戀著迷。使人誤以為真。使人為之歌。為之笑。為之哭。為之生死相許。

舞者：（左起）許慧玲、張玉環、董述帆、李靜君、吳義芳、張秀萍、周章佞、溫璟靜、王薔媚　攝影：劉振祥

夏

雲門——紅樓

夏的一段，充滿了少年的情慾，
彷彿夏季的熱，逼出了人
內在深處潛藏的動物性本能，
許多歡媾的動作，隱喻著《紅樓夢》中青少年
對肉體與性的遊戲的好奇與探索。

舞者：（後方左起）徐耀成、張玉環、（前方左起）吳義芳、周章佞　攝影：謝安

雲門舞集的《紅樓夢》裡，有一對冠戴袍袖整齊威嚴的夫婦，動作拘謹有禮，一板一眼，他們似乎總是在為身旁赤裸裸的少年定出各種規矩。少年十分懼怕，學著那中年男子，有模有樣地行走、作揖、磕頭、敬禮。那男子使人想起了寶玉的父親賈政。

在「夏」的一段，這男子以紅紗綑綁寶玉，大加鞭撻，更直接使人聯想起原著第三十三回〈不肖種種大受笞撻〉這一段寶玉幾乎被父親打死的情節。賈政痛責寶玉，在舞劇中有具象的表演。

以季節來分的舞劇，在「夏」的一段，充滿了少年的情慾，彷佛夏季的熱，逼出了人內在深處潛藏的動物性本能，許多歡媾的動作，隱喻著《紅樓夢》中青少年對肉體與性的遊戲的好奇與探索。而衣冠整齊的父親與母親，正是嚴厲禁止這好奇與探索的界限，他們設定一重一重的禮教、道德、規矩、法律，一旦觸犯禁忌，便施以嚴酷的懲罰責打。

舞台上有一雍容華貴的「黃衣女子」，她的通身金黃色服飾顯現出皇家的氣派，使人聯想到賈元春。當她緩緩走過，後面有撐著傘形華蓋的侍女，兩旁眾人紛紛蹲跪下來，更似乎使人確定這一「黃衣女子」特殊的身分了。

她在繁花盛放的春天緩緩走來，彷佛帶來榮華富貴，帶來人世的一切幸福與朝氣。

然而，她也在蕭索荒涼的冬天出現，在一片白茫茫雪地的淒清裡出現，反面穿著披風，金黃的燦爛不見了，身後侍從的傘也殘破襤褸，引路的人高舉著白幡，像引領亡魂的行列。

元春之死，似乎註定了賈家走向敗落，也正是雲門舞集以春、夏、秋、冬四季來重組《紅樓夢》的原因吧！

（右頁）

寶玉愛慕了兩個人的八卦消息被傳到父親耳中。一個是母親王夫人的婢女金釧。一個是反串唱旦角的美男子蔣玉函。而蔣玉函又是忠順王爺包養的男寵。因此激怒了寶玉的父親。賈政把寶玉綑綁起來鞭打。夏日少年的情慾世界。在父權的壓抑下受到最殘酷的撻伐。

舞者：（左起）吳義芳、宋超群
攝影：謝安

——

黛玉躲在樹林後偷偷哭泣。她等候眾人都走了。才潛入寶玉房中。寶玉被打傷了。昏迷中聽到哭泣的聲音。睜開眼。看到黛玉兩眼哭得紅腫。寶玉安慰她說。我不痛。我是騙他們的。

舞者：（後方左起）謝明霏、張永祥、（前方左起）張秀萍、吳義芳
攝影：謝安

（右頁）

元妃省親是《紅樓夢》繁華的開始。封為貴妃的賈元春回到家中。因為君臣之分。親生父母必須跪在地下叩拜。元春哭著說。

有現在哭的時候。當初何必把我送到那不得見人的地方。曹雪芹大膽批判了皇家權威。

舞者：（左起）董述帆、劉豔霜

攝影：游輝弘

｜

貪嗔痴愛。是執著。也是修行。有一天或許可以從貪嗔痴愛中出走。然而在這個燠熱的夏天。肉體如何赤裸。如何貪歡。也不能解脫。

舞者：（左起）劉志國、徐耀成、周偉萍、溫璟靜、吳義芳、張秀萍、黃旭徽

攝影：謝安

秋、冬

雲門——紅樓

冬的一段，有白衣女子的死亡，
也有紅衣女子假扮成白衣的裝束，
在象徵婚姻的紅紗下出嫁。
而最後在一片白茫茫大地上，
一個披紅色袈裟的光頭和尚緩緩走過，
他是寶玉嗎？

舞者：（後方左起）許慧玲、鄭桂複、陳雪梅、（前方左起）李靜君、吳義芳　攝影：謝安雲門舞集的《紅樓夢》，那名全身素白的女子，在春天時凝視漫天飛舞的花瓣，在秋天時孤獨徘徊於風的呼嘯中，像一聲輕輕的嘆息，像一朵靜靜飄下的花瓣。在冬天的結尾，她脫卸一切人世的包袱，赤裸裸面對著死亡。幾名白臉黑衣的男子，像催迫煎熬她的風霜，把她帶向死亡。

那名白衣的女子，是在落花中獨唱輓歌的林黛玉嗎？

舞台上的「生」與「死」都是赤裸裸的。寶玉赤裸裸的來，赤裸裸的去，恰如原著中說的「赤條條來去無牽掛」。黛玉在最後的死亡也是赤裸裸的。他們不要任何人世的衣服裝飾來掩蓋包裝自己，他們似乎覺得來自大地的身體比外在的衣物更真實，也更潔淨。對比起來，雲門舞集的《紅樓夢》常用累贅的服裝做虛偽禮教的反諷。

舞台上有白衣女子極似黛玉，而紅衣女子也立刻使人聯想到寶釵。在「冬」的一段，有白衣女子的死亡，也有紅衣女子假扮成白衣的裝束，在象徵婚姻的紅紗下出嫁。而最後在一片白茫茫大地上，一個披紅色袈裟的光頭和尚緩緩走過，他是寶玉嗎？

雲門舞集的《紅樓夢》最後的「冬」，是林黛玉的死亡，是薛寶釵的婚禮，卻也是寶玉的出家。

黛玉在一個秋風秋雨的夜晚。獨自聽著窗外風雨。她寫下了〈秋窗風雨夕〉。「秋花慘淡秋草黃。耿耿秋燈秋夜長。已覺秋窗秋不盡。那堪風雨助淒涼」。黛玉是絳珠草。受寶玉前世澆灌甘露之恩。身體裡鬱結著要償還的痛。她來人世一遭。只是要把眼淚還給寶玉。把一世的眼淚還他。也還得夠了。黛玉還完眼淚就要走。像一片飄在風中的花瓣。寶玉抬頭仰望。用手輕輕承接在掌中。

舞者：（左起）陳雪梅、張玉環、許慧玲、張秀萍、周章佞　攝影：劉振祥

—

（左頁）
曹雪芹經歷了家族的富貴到破敗。《紅樓夢》是一場繁華若夢的回憶。元春再度駕臨大觀園。不再是皇妃。而是死去的魂魄。「三春去後諸芳盡」。由秋入冬。天上開始飄雪。

舞者：（左起）張慈妤、鄧桂複、董述帆、劉豔霜　攝影：劉振祥

（右頁）

黛玉焚稿斷痴情。把所有與寶玉來往的詩稿一一焚燒。她要在離開人世前處理所有的牽連。她在度化自己。也度化寶玉。她以死亡印證一次完完全全的愛。沒有絲毫遺憾。沒有一點雜質。還是她自己說的。質本潔來還潔去。

舞者：（前）葉台竹、（上）張秀萍、（後方左起）汪志浩、黃旭徽、劉志國
攝影：謝安

—

黛玉償還完眼淚死神前來。她在死亡的催逼前想起片片落花。她埋葬過的落花。「一年三百六十日。風刀霜劍嚴相逼。明媚鮮妍能幾時。一朝飄泊難尋覓」。這是她憑弔花的詩句。如今正是她自己的輓詞。

舞者：汪志浩、王守娟　攝影：劉振祥

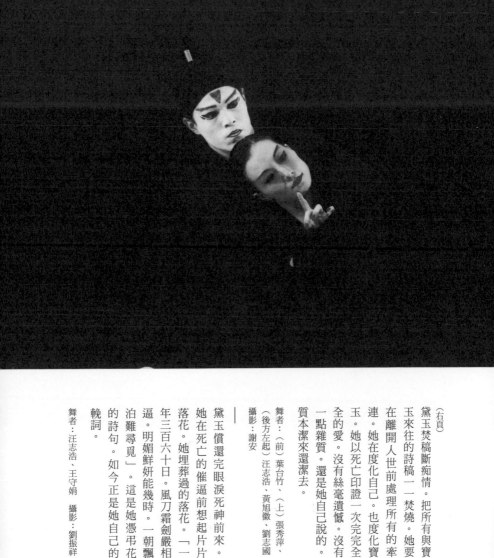

婚姻是一種矇騙嗎。如果沒有情愛的真實。婚姻的意義何在。寶釵偽裝為黛玉嫁給寶玉。寶玉娶了寶釵。也娶了黛玉的亡魂。在一塊紅色的薄紗掩蓋下。寶玉是在成親。也是在出家。

舞者：（左起）吳義芳、廖美芳、李靜君　攝影：謝安

薛寶釵披上了黛玉的衣服。黛玉在瀟湘館隱隱聽到婚禮的音樂傳來。寶釵頭蓋紅紗。出閨成大禮。寶玉不知真情。以為新婚的女子是黛玉。兩難的愛情似乎有了結局。一個荒謬而絕望的結局。真正的情愛此生並無緣分。結為夫妻只是世俗的名分。寶玉領悟了遺憾嗎。

舞者：吳義芳、李靜君
攝影：謝安

《紅樓夢》的結尾是「白茫茫大地真乾淨」。大雪紛飛。一片空茫。寶玉伏拜在雪地中。遠遠向父親叩了三個頭。便由一僧一道挾持而去。消逝在白色的空茫中。也許真正的結尾是曹雪芹在書卷開始所寫的四句詩。「滿紙荒唐言。一把辛酸淚。都云作者痴。誰解其中味」。

舞者：鄧桂複　攝影：劉振祥

結語

《紅樓夢》是可以讀一輩子的書

許多人說：《紅樓夢》是可以讀一輩子的書。

大部分的暢銷書，在短短一、兩年內高踞消費排行榜，看到書商的誇張廣告：每三十秒就賣出一本！令人咋舌。

但是，暢銷書流行的熱潮一過，就像一堆廢紙，也在消費者的心靈上留不下任何痕跡。

所謂「暢銷」，也就是快速退流行。

在急功近利的商人眼中，仍然追逐著短促的流行，追逐著假象的暢銷。

書店裡滿坑滿谷的書，有幾本會是你讀完以後捨不得丟掉的書？

書店裡滿坑滿谷的書，有幾本會是你讀過一次還想再讀的書？

書店裡滿坑滿谷的書，有一本書可以永遠留在身邊，一讀再讀，在人生的不同階段給你感悟、啟發，給你反省、思考的嗎？

《紅樓夢》是可以讀一輩子的書。

我們不只是在讀《紅樓夢》，我們在閱讀自己的一生。

《紅樓夢》其實是一本暢銷書，三百年來，從手抄本流傳，到木刻活字本，到石印本，再轉換成電影、連續劇，《紅樓夢》不但沒有隨著時間「退流行」，更在不同世代發生了久遠而廣泛的影響。

書商在做一個月或一個星期的暢銷書排行榜時，無法理解《紅樓夢》在長達一百年、兩百年間真正永不消褪的「暢銷」。

但是，生命短促到只有一個月、一星期的計較，當然看不到一百年、兩百年。

《紅樓夢》是三百年來的大暢銷書，如同德國出版界以一千年統計，發現最大的「暢銷書」是基督教的《聖經》。

所有的「經典」才是真正的暢銷書。

一千年、兩千年為計算，有多少人閱讀過《老子》、《論語》、《莊子》、《詩經》……

歷史有另一張暢銷書的排行榜。

作家迷戀短促的「暢銷」，不可能是好作家。

讀者迷戀短促的「暢銷」，也不可能是好讀者。

《紅樓夢》的作者用十年的時間寫一部沒有寫完的小説，他如果計較一個月的「暢銷」，不會寫這本書。

最早的《紅樓夢》讀者，用手抄流傳的方式，一字一字地抄寫完百萬字，他們如果在意「暢銷」，也不會做這件事。

讓「暢銷」歸於「暢銷」，讓「經典」歸於「經典」。

《紅樓夢》仍然在許多人的床頭，每天晚上臨睡前讀一段，若有所悟，每次讀都那麼不同，就像在閱讀自己的一生。

許多人會問：《紅樓夢》十二金釵，你最喜歡誰？最不喜歡誰？

林語堂説：最喜歡探春，最不喜歡妙玉。

每個人心中或許都有「最喜歡」和「最不喜歡」。

反覆看了二、三十次《紅樓夢》，我不敢回答看來這麼簡單的問題了。

人生看來很簡單，卻很難說「喜歡」或「不喜歡」。

探春是賈政的女兒，寶玉的妹妹，她的母親是趙姨娘，一個丫頭出身的妾。因為卑微的出身，趙姨娘似乎總是憤憤不平，嫉妒他人，總覺得自己受了天大的委屈，也把這委屈轉化成報復他人的惡毒言語或行為，連自己親生的女兒——探春，也不例外。

探春聰明，大器，極力想擺脫母親卑賤的出身牽連，她努力為自己的生命開創出不同於母親的格局。她處事公正不徇私，曾經在短時間代理王熙鳳管理家務，有條不紊，興利除弊，展現了她精明幹練的管理才能。

林語堂深受歐洲啟蒙運動影響，重視個人存在的自由意志，重視個人突破環境限制的解放能力。

林語堂一定喜歡探春，探春是他尊崇的生命典型。

但是妙玉呢？

妙玉是一個沒落官宦人家的女兒，因為家道敗落，不得不出家為尼，她寄養在賈家的寺廟中，看來是修行，當然心中積壓著不可說的鬱濁的苦悶。妙玉孤傲，看不起俗世的人，對鄉下來的劉姥姥嗤之以鼻，她有嚴重的潔癖，孤芳自賞。這樣的性格，即使在今日，恐怕也很難有朋友，在世俗社會總是招人嫌怨。

但是，《紅樓夢》的作者很委婉地使人感受到妙玉潔癖背後隱藏的熱情，她極愛寶玉，但她的愛是不可能說出口的。她的孤芳自賞是一種怕受傷的保護，像最柔軟的蛤蜊，往往需要最堅硬的外殼來防衛。

妙玉的不近人情，正是一種防衛的硬殼。

我們能夠「不喜歡」妙玉嗎？我們能夠嘲笑妙玉嗎？

《紅樓夢》的作者沒有「嘲笑」，只有「悲憫」；沒有「不喜歡」，只有「包容」。

《紅樓夢》的作者引領我們去看各種不同形式的生命，高貴的、卑賤的、善良的、殘酷的、富有的、貧窮的、美的、醜的。

《紅樓夢》的作者通過一個一個不同形式的生命，使我們知道他們為什麼「上進」，為什麼「潔癖」，為什麼「愛」，為什麼「恨」。

生命是一種「因果」，看到「因」和「果」的循環輪替，也就有了真正的「慈悲」。

「慈悲」其實是真正的「智慧」。

《紅樓夢》使讀者在不同的年齡領悟「慈悲」的意義。

「慈悲」並不是天生的，「慈悲」是看過生命不同受苦的形式之後，真正生長出來的同情與原諒。

《紅樓夢》是一部長篇小說，但是《紅樓夢》的每一章、每一回可以單獨當成一個短篇小說來看待。

許多年，《紅樓夢》在我的床頭，臨睡前我總是隨便翻到一頁，隨意看下去，看到累了，也就丟下不看。

事實上，《紅樓夢》並沒有一定的「開始」，也沒有一定的「結束」。

如同我們自己的生活，即使瑣瑣碎碎，點點滴滴，仔細看去，也都應該耐人尋味。

《紅樓夢》最迷人的部分全在生活細節，並不是情節。

因此，每天能閱讀一點就閱讀一點，反而可能是讀《紅樓夢》最好的方法。

《紅樓夢》讀久了，會發現自己也在《紅樓夢》中，有時候是黛玉，喜歡孤獨；有時候是寶釵，在意現實的成功；有時候是史湘雲，直率天真，不計較細節。

十二金釵，或許並不是十二個角色，她們像是我們自己的十二種不同生命階段的心境。

寶玉關心每一個人，關心每一種生命不同的處境，他對任何生命形式，都沒有「不喜歡」，都沒有恨。包括地位卑微的丫頭、僕人，在他的心目中，都應該是被尊重的對象，都有可以被欣賞的美。

他在繁華的人間，看到芸芸眾生，似乎每一個人、每一個生命，都像自然中的一朵花，他沒有比較，只有欣賞，只有歡喜與讚歎。

寶玉，其實是《紅樓夢》中的菩薩。

寶玉愛每一個人，他的愛都沒有執著與佔有。《金剛經》說：「應無所住而生其心。」正是寶玉的本性。

《紅樓夢》的閱讀，因此是一種學習「寬容」的過程。

少年時讀《紅樓夢》，喜歡黛玉，喜歡她的高傲，喜歡她的絕對，喜歡她的孤獨與感傷；也喜歡史湘雲或探春，喜歡她們的聰慧才情，喜歡她們的大方氣度，喜歡她們積極而樂觀的生命態度。

《紅樓夢》一讀再讀，慢慢地，看到的人物，可能不再是寶釵，不再是王熙鳳，不再是風光亮麗的主角，而是作者用極悲憫的筆法寫出的賈瑞，或薛蟠。他們陷溺在情慾中無以自拔，他們找不到生命上進的動機，他們或墮落，或沉淪，但作者卻只是敘述，沒有輕蔑或批判。

世界文學名著中很少有一本書，像《紅樓夢》，可以包容每一個書中即使最卑微的角色。

我當然也會在自己身上看到賈瑞，看到薛蟠，看到自己墮落或沉淪的另外一面。一本書，可以讓你不斷看到「自己」，這本書才是一本可以閱讀一生的書。

《紅樓夢》多讀幾次，回到現實人生，看到身邊的親人朋友，原來也都在《紅樓夢》中，每個人背負著自己的宿命，走向自己的命運。或許，我們會有一種真正的同情，也不再隨便說：喜歡什麼人，或不喜歡什麼人。

這幾年，細讀《紅樓夢》，有一種領悟，覺得《紅樓夢》其實是一本「佛經」。

我是把《紅樓夢》當「佛經」來讀的，因為處處都是慈悲，也處處都是覺悟。

國家圖書館出版品預行編目資料

夢紅樓／蔣勳作. --二版. --臺北市：遠流, 2013.10
面； 公分. --（綠蠹魚叢書；YLK60）
ISBN 978-957-32-7284-7（平裝）

857.49 102018225

綠蠹魚叢書 YLK60

夢紅樓

原《舞動紅樓夢》

作者	蔣勳
出版四部總編輯暨總監	曾文娟
資深主編	鄭祥琳
企劃	王紀友
行政編輯	江雯婷
美術設計	林秦華
特別感謝	財團法人雲門舞集文教基金會提供舞作照片
發行人	王榮文
出版發行	遠流出版事業股份有限公司
地址	104005台北市中山北路一段11號13樓
電話／傳真	(02)2571-0297／(02)2571-0197
郵撥	0189456-1
著作權顧問	蕭雄淋律師
2013年10月 1 日	二版一刷
2023年 7 月16日	二版二十刷

定價：新台幣300元（缺頁或破損的書，請寄回更換）

ISBN 978-957-32-7284-7

遠流博識網
http://www.ylib.com E-mail: ylib@ylib.com